大根の底ぢから！

林望

フィルムアート社

大根の底ぢから！

挿絵カット　著者

生きることは食べること

——序にかえて——

古い言葉では、「酒をたべませう」とか「水たべむ」とか言った。現代語では、「たべる」と言えば、なにか固形物を食することであって、酒や水は「のむ」と言って区別しているが、古い言葉では、そうではなかった。

じつは「たぶ」というのは、漢字で書けば「給《た》ぶ」とすべきところで、水や酒のような液体であっても、単に「のむ」というのと区別して「たぶ」と言うばあいがあったのだ。それはすなわち、現代語で言えば「いただく・ちょうだいする」というのに相当する。つまり単にものを飲食するというのでなく、天から頂戴する、主人からいただく、というような気持ち、すなわち明白な「敬意」が含まれる鄭重《ていちょう》な言葉だったのである。この敬意がない場合は、単純に「くふ（食う）」と言った。

こういう伝統が、今もいくらか残っていて、現代語では、たとえば女性が「饅頭を食おうか」などと言うと、ずいぶんと乱暴な言葉遣いと感じるので、まあ、ふつうは「お饅頭を食べようか」とか言うであろう。しかし、男が「ラーメンでも食うか」と言うのは、別に乱暴にも感じない。これは昔から、女性（とくに上流の教養ある女性）は、男子にくらべて保守的で古風で、鄭重な話し方をする、という日本の文化の型を示してもいるのである。

ところで、私どもが生きていくには、どうしたって飲食ということは必須の営為で、これなくしては誰も生きていくことができぬ。

しかるに、なにかを飲み食いすることは、じつのところ人知を超えたものに支配されていると言ってもよい。たとえば、魚を獲《と》る。これだって、時化《しけ》が続いて出漁できなければ、誰も魚を獲ることを得ず、したがって食うこともできない。出漁したとて、さあ、釣れるか釣れないか、網に掛かるか掛からないかは天意のしからしむるところで、これまた人知を以ては図りがたいことに違いない。

また山林の木の実の多寡《たか》にしても、田の稲作の豊凶にしても、陰陽の気（雨と陽光）の和合《わごう》するところに豊饒《ほうじょう》が期待されるものの、その陰陽の和合は人知を超えた天意にもとづくのであって、まあ農業・漁業ともに神意を伺い、真摯《しんし》に祈念して、その豊饒を願うのほかはなかった。港に、田園に、いたるところに神社が鎮座ましましているのは、じつにこういうわけである。

そういう次第で、私どもが飲食物を口にできるのは、ひとえに天の恵みであって、まさに「給べる」というのが正鵠《せいこく》を射《い》た言い方であったに違いない。

私どもが「生きている」のは、そうやってありがたくも「給べ」させていただいているお陰であって、延《ひ》いては、この温帯にあって海山の幸に富んだ、わが日本の国土地勢のありがたさ故であると言っても、まあ過言ではあるまい。

今や「和食」の体系そのものが世界遺産になろうかという時代である。日本の国が、いかに多彩な食材と調理法と調味料に恵まれていたかということに思いを致すときに、私どもは、おのずから深甚の敬意を以て物を食べたり飲んだりしなくてはいけないと痛感する。

そんなことを思いながら、食いしん坊の私は、四六時中「食べる」ことを思い、どこへ行っても、その先々で、なにかを食べたい、今まで知らずにいた未知の美味に巡り合いたいと思う。これまた幸運があれば「給べる」ことを得るであろう。

三つ子の魂百までと言うとおり、私は、三歳の童子の頃から、ほんとうに食いしん坊であったので、算数の公式はいっこうに暗記できなかったが、飲んだり食べたりした味わいについては、ごく幼時のことから鮮明に記憶しているのは、われながら呆れるばかりである。

そういう嚢中《のうちゅう》の食べ物の記憶をあれこれと掘り起こし、あるいは各地に未知の味を探訪し、あるいはまた古今の書物のなかに飲食《おんじき》の綺談《きだん》を探り探りして、書き続けたのが、この小著である。読者諸賢よろしくわが食べ物行脚《あんぎゃ》に同行《どうぎょう》していただければ幸いである。

二〇一八年春の日

食いしん坊の著者識す

大根の底ぢから！

目次

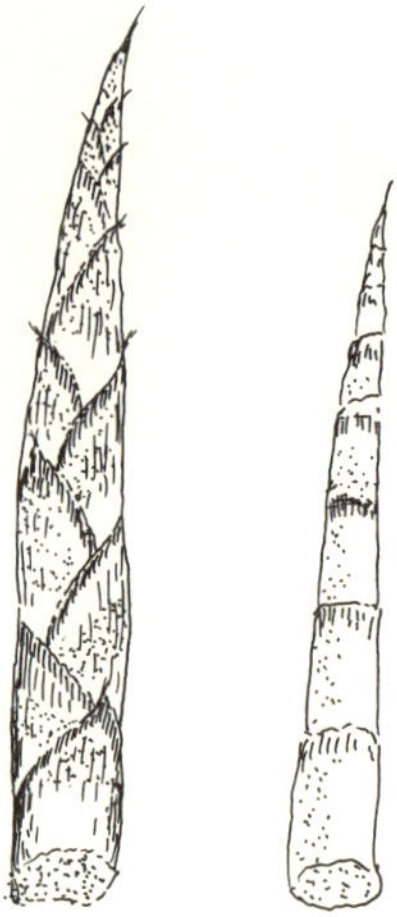

一の章　おいしい毎日

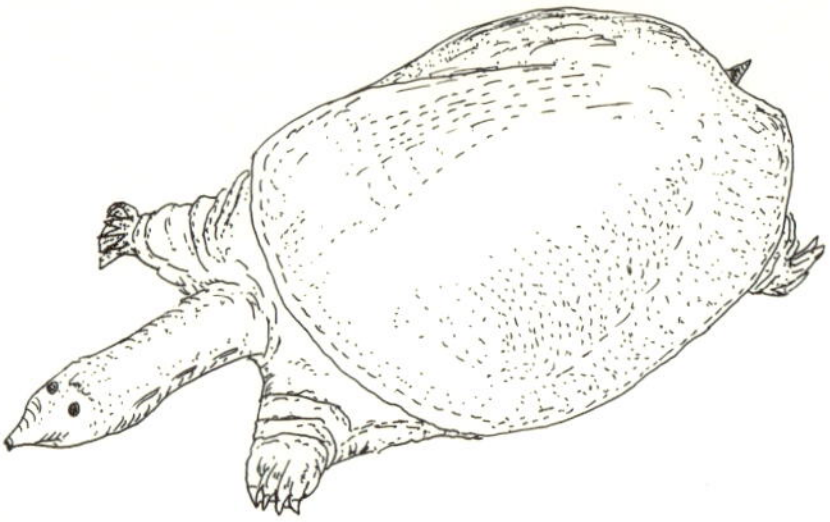

二の章

懐かしい味

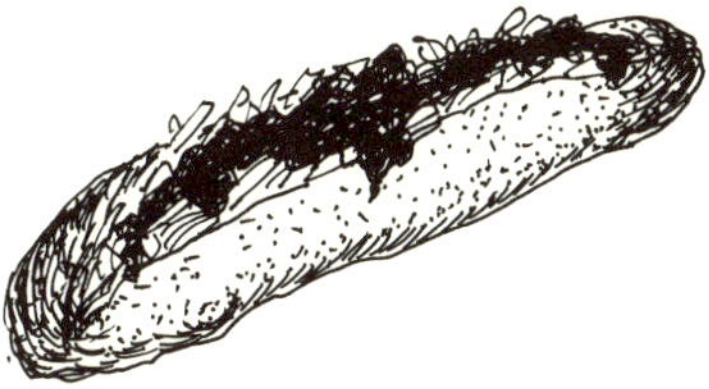

一の章

おいしい毎日

花びら餅のなぞ

丸く白い餅または求肥のなかに、薄紅《うすくれない》の菱餅をのせ、そのなかに味噌餡と薄甘く煮た牛蒡《ごぼう》を重ねて、これを二つ折りにした菓子をば、なぜ「花びら餅」というのか、ちょっとこのところに不審を感じた人は少なくないかもしれぬ。

そもそも、この「餅（正字は餠）」という漢字は、日本でいう「もち」とはいささか違った意味を持っている。言うまでもなく日本の「もち」はもち米を蒸して搗《つ》いて作った粘着的食品であるが、唐土の「餅」のほうは、べつに米に限ったものではなかった。この字の旁《つくり》は、なんでも丸くて平らな、そして薄いものをさす。だからあの北京ダックを包むクレープ状のものなども、れっきとした「餅」であり、そういう生地で餡を包んで焼けば「月餅《げっぺい》」、丸く平に干した柿なら「柿餅《しへい》」というようにも使った。そこで、この花びら餅のような薄い餅生地や求肥を「餅」という字で呼ぶのは、まさに本義に適っているのである。

さて、しかし、どうしてこれが花びら餅なんだろうというのは、単純な問題ではない。もともと、この食べ物は、宮中の正月の膳に供せられた「菱葩《ひしはなびら》」から少しく方向を転じてできてきたものである。

この菱葩というものは、現在でも宮中の元日の膳に出るものの由で、その形は今見る花びら餅に似、しかし、なかの薄紅の菱餅は小豆で染めて甘味を含まないものだそうである。

どうしてこういうものを食べるようになったのであろう。その本源《ほんげん》を探れば、それは正月歯《は》固《がた》めの祝《いわい》に逢着《ほうちゃく》するであろう。すなわち、正月は新しい命の再生の儀礼なので、あたかも新生児に歯固め祝を施すように、瓜、牛蒡、押し鮎（鮎の干物）などの固いものを儀式的に噛み食するのであった。涼菟《りょうと》という俳人の句に、

歯かためや牛蒡に浮かれ初めにけり

というのがあるが、固い牛蒡を噛み得て老人が浮かれ興じる様が偲ばれる。

現在では鏡餅と言えば大小の丸餅を重ねて三方に載せた裏白《うらじろ》の上に置き、さらに昆布やら海老やら橙《だいだい》やらを飾るのだけれど、古く正儀としてのお鏡は、丸く白く薄い餅やら、赤く薄く菱形の餅やらを何十枚と重ねて置くのを主としたのであるらしい。この丸い形は天を象《かたど》り、菱形は地を象って、その二つを合せることで天地《てんち》陰陽《いんよう》の和合《わごう》と、それによってもたらされる豊饒《ほうじょう》を予祝したものとも説かれる。かかる形の丸餅や菱餅を一枚ずつ重ねて、そこに雑煮《ぞうに》の味を意味する味噌やら、歯固めの牛蒡やら（牛蒡は、あるいは押し鮎の見立てかとも言われる）をのせて挟めばそれが花びら餅ということになる。この場合、「花びら」というのは、おそらく紅梅白梅の花びらになぞらえたものかと思うが、いずれにしても、歯固めとしての機能と、春めいた華やかな装いがうまくマッチして、いかにも正月らしいめでたい気分を醸《かも》し出している。

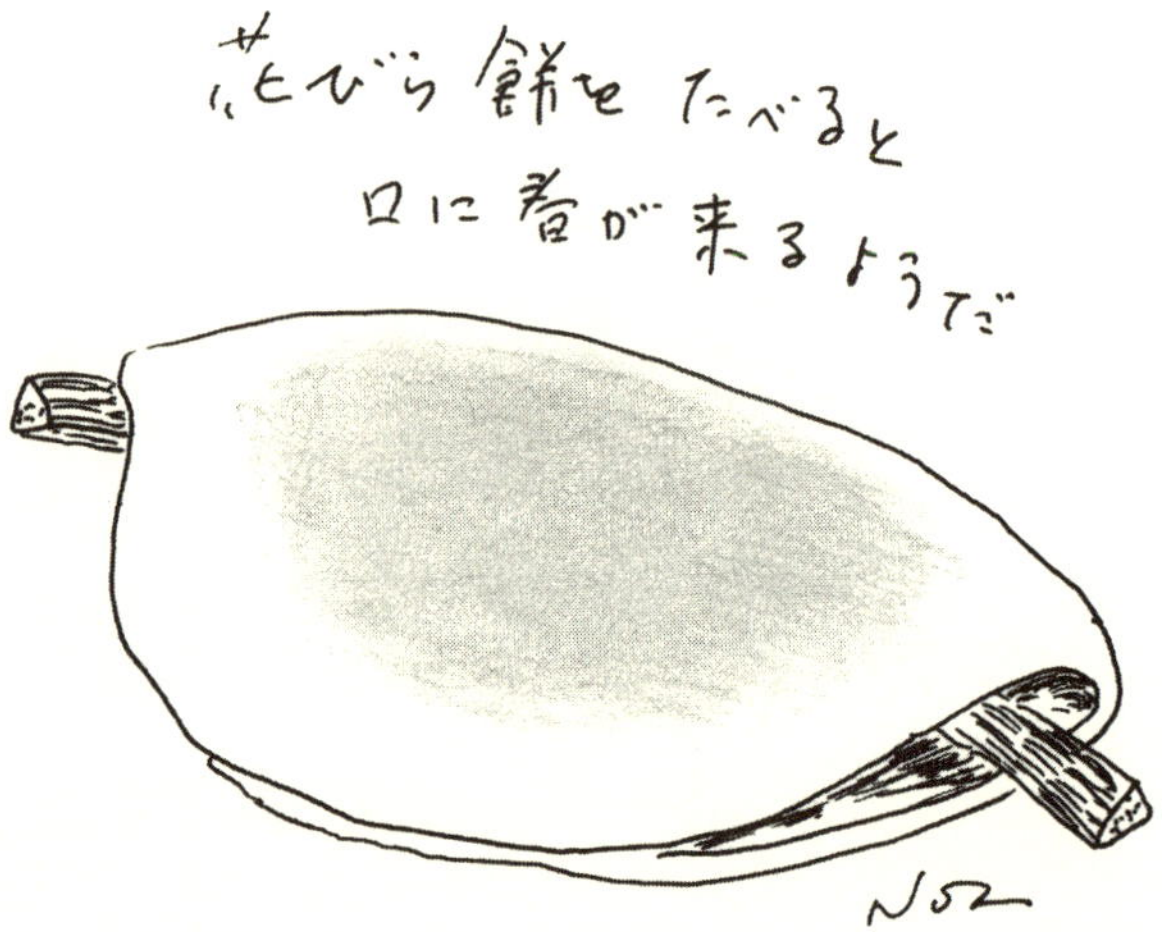
花びら餅を たべると
口に春が来るようで
NOZ

というわけで、菱葩は、もとより宮中あるいは公家、もしくは上級の神職ならでは口にすることのできぬものであったかと思われるのだが、これが庶民の口に入るようになったのは、明治になって裏千家十一世玄々斎《げんげんさい》が宮中よりの許しを得て、花びら餅として初釜《はつがま》の茶事《ちゃじ》に供するようになって以来のことであると言われている。幸いに、平成の御代は下々《しもじも》の私どもに至るまで、とくに茶事に与《あずか》らずともこの春色藹々《しゅんしょくあいあい》たる神事食《しんじしょく》を頂戴できるようになったのは、まことにありがたいと言わなくてはなるまい。

折々の味わい〈春〉

いつしか五七五の弄《もてあそ》びをするようになって、ふと気づけば、相当に句数もたまった。私は食いしん坊だから、なかでも食べ物の句が少なからぬ。日本という国は、四季折々の美味を愛するということが世界中でもっとも著しい国ではなかろうかと思う。しかるに「和食」という文化にとって、その大切な要素は季節性である。和食は、季節を度外視しては到底能《よ》く味わうことができぬ。

そこで、私の拙い句帳のなかから、少し食べ物の句を書き抜いてみたい。

数の子をぷつりぷつりと噛んでをり

あの数の子というやつは、正月以外には一向食べもせぬものだが、いざ正月に食べてみると、へんにブリブリとしていて、一粒ずつは結構堅いので、なかなかうまく咀嚼《そしゃく》できぬ嫌いがある。それゆえ、さっさと食べてしまうこともできず、あのゴムのような感触の卵をプツップツッと噛みしめざるを得ぬ。うっとうしいような、嬉しいような……。

椀のうちに霞吐いたか蜆汁

昔、青森の十三湖《じゅうさんこ》へ旅して名産の蜆汁を喰った。浅蜊《あさり》ほどにも大きな深紫《ふかむらさき》の蜆で、水が清らかなのか清爽な味わいであったが、その汁は恰も春霞のように、ボオッと霞んで、風情といい香りといい、まことに結構なものであった。由来、蜃気楼というものは、貝が吐く気によって幻の高楼《こうろう》が見えると言われているので、ふとそんなことも思い寄せた。

酢飯切れば雛《ひいな》に母のいますごと

母はもう十数年前に亡くなったが、私には妹があったので、雛祭りの日には、かならず五目《ごもく》寿司を作ってくれた。それで、私もその風習を懐かしんで、お雛さまの日には、決まって散し寿司などを作る。炊きたてのご飯に寿司酢を振りまいて手ばしかく杓文字《しゃもじ》で切り混ぜていると、あの酢飯の香りとともに、懐かしい母の手業《てわざ》なども彷彿と胸裏《きょうり》に思い出されてくる。ああ、いつもこの匂いとともに、おふくろが寿司飯を切っていたっけなあ、私は懐かしさに堪えぬのである。

独活《うど》の穂を天ぷらに揚げ歯にサクリッ

ウドは、春の山菜である。むろんあの白い茎のところもおいしいけれど、私はことに先っぽの葉の穂のところを愛する。あれを捨てずにカリッとした天ぷらに揚げて食うのは、野趣があって、じつに旨いのである。さる知友がいつも春先に山ウドをたくさん送ってくれる。それが届くと、ああ春が来たと思って、私はいつも葉の穂の天ぷらにして嬉しく味わうのである。

飯軽く盛つて釘煮《くぎに》の馳走かな

瀬戸内に住む古い友人が、いつも春になるとご当地名物の釘煮を送ってくれる。それも、かならず手前の海で獲れた新鮮なイカナゴを自らおいしく煮〆《にしめ》て送ってくれるのである。そのSさんという友人は、こうしてイカナゴが獲れて、釘煮を作ると、ああ春だ、という思いに満たされるのだと言う。こういう逸品が届いたときには、すべからく香り高い上等の米を炊いて、その炊きたての飯の粗熱《あらねつ》がすこし収まった頃に、くだんの釘煮をたっぷりと載せていただくのがなによりの御馳走というものだ。なにも豪勢な珍味佳肴《かこう》を連ねるのがぜいたくではない。こういうかけがえのない季節の味わいを、しっくりといただく、そこに日本人としての最大のぜいたくがある。

苺煮つつシャンソン歌ふ母なりき

その雛の日に酢飯を切った母は、なかなかモダンな人で、戦後のまだまだ貧しかった時代にも、不思議なくらい西洋の美味を作って喜ばせてくれた。毎年五月になると苺が出盛って、小粒のやつが大量に安く売りに出た。そういうのを買って来てみんな総出で蔕《へた》を取って、それから大きな鍋にたっぷりの砂糖を入れてジャムに作ってくれたものだった。そういうとき、音楽好きの母はいつもシャンソンなど口ずさみながら鍋をかき混ぜたりしていたものだったが……。

柿若葉さ緑に揚げていざ喰はな

私の家には、大きな甘柿と渋柿が庭にあった。柿はむろん秋の実も楽しみだけれど、五月の頃の柿若葉のさ緑色の鮮やかさはまた格別で、あれほどに爽やかな若緑はちょっと類例がない。が、同時に柿若葉はじつにおいしい。渋柿でも甘柿でも若葉の味は同じで、いずれもうまい。とくにこれを天ぷらにして食べるのが、私にとっての、初夏のなによりの楽しみでもある。

信州そば行脚

つい最近、ひさしぶりに信州信濃大町の春を楽しんできた。大町も、かつて私が少年時代に毎夏避暑をしていた時分に比べると、ご多分に洩れず各種大規模小売店が立ち並び、旧市街の個人商店はあまり元気がないようであった。

信州はなんといってもそばが名物のところだが、厳しい気候の安曇野では、おそらく昔は救荒作物として、比較的短い日数で収穫できるそばが喜ばれたという経緯でもあったろう。残念だったのは、昔よく食べにいったA庵という店が、最近廃業してしまったと知ったことであった。この店は、大町から木崎湖へ向かう街道の途中にあって、往時はずいぶん賑わっていたが、なにかよんどころない事情でもあったのであろうか、突然に店を閉めてしまったというのであった。良いそばを食わせる店であっただけに、残念に思っている人も多いことであろう。亡き両親も、かつてこの店を贔屓《ひいき》にしていたので、できれば存続していてほしかったが……。

しかし、そのかわりに、昔はなかった新しい店もあちこちにオープンしていた。そこで、これからおいおいにこの大町周辺のそば屋を食べ歩いて、信州そばの味比べということを試みることにした。もともとそば好きの私には、楽しいことになってきたぞ……。

Bという店は、まだ比較的新しい店のようで、昔はなかったと記憶しているのだが、店に入ると、すぐに目についたのは灰皿であった。各テーブルに、みな灰皿を出してある。これでは、ぜひタバコを吸ってくれと言わぬばかりだ。

そもそも、そばという食べ物は、その香りを尊ぶ。とりわけて秋の新そばともなれば、さわやかな香りがなによりの味わいだと言ってもいいくらいである。

香りがよくって、歯ごたえがよくって、のどごしがよい、それがそばの味というものなのだから、これがタバコなどという有毒にして傍迷惑《はためいわく》なものを吸うことを容認・推奨しているようなことではまことに言語道断と言わねばならぬ。

私が行ったとき、店には喫煙の客は一人も居なかったから、まずまず直接の被害は被らずに済んだが、手打ちのそば屋でありながら、タバコを奨励するような不見識・無神経がいただけない。

かくて、そばはそれなりにおいしくはあったけれど、私は密かに手帳に×をつけ、二度と行かぬことに決めた。

次に、C屋という、これも比較的近時にできたらしい大きな構えの店に見参してみた。なにやら民芸風のりっぱな構えの店であったが、やはりここも完全禁煙ではないようであった。ちょっと混む時間を外していったせいか、ほかに客はなかったので、これまたタバコの被害にはあわずに済んだが、そばそのものは、まず可もなし不可もなし、というところであった。特につゆは未《いま》だしというところで、これは手帳に△としておいた。

次に、これはもう昔からずっとここで盛業している駅前のDという店に足を運んでみた。店の構えは昔とちっとも変わりなくて、ありがたいことに、ここは店内完全禁煙とあった。当然のことである。私は手打ちを標榜する店では必ずもりそばを食べるのだが、この店の味は昔ながらの信州そばで、上の上とまではいかないが、つるつるしていて具合がよい。私はあのぼそぼそゴリゴリした黒い田舎そばは好かないので、やはりこういうふうにつるつるとしているのがよい。仮に十割のそばでもつるつるとしていてほしいものだ。仍《よ》って以てこの店は〇。

かくてこれから、せいぜいそば屋めぐりをして、近在の店をみな制覇しようと思っているのであるが、さて、どんなところに◎の名店があるか、興味津々というところである。

野菜焼きの愉しみ

どうも料理というものも、つきつめていくと、だんだんと単純なもののおいしさに行き着くような気がする。

たとえば、魚なども、あれこれハーブ焼きだのなんだのと手をかけるより、行き着くところは「刺身」と「塩焼き」だったりする、あの消息である。

野菜についても、私は最近とくに発明するところあって、極力手をかけずに、単純な料理を以《もっ》て食するということを心がけている。

そうなったについては、ひとつは、知友の物理学者S氏夫妻との会食がきっかけとなった。ある日、S夫妻のご自宅に招かれた折、夕食をごちそうになったのだが、それがごくごく単純な「野菜の鉄板焼き」なのであった。

Sさんは、さすがに物理学者だけあって、食事の最中にも、すべてのことを物理学的に考察するのが面白かった。

そうして、この野菜を焼くについては、ホットプレートに極上等のごま油を少量引き、その上で玉ねぎ、じゃがいも、かぼちゃ、茄子など、みな薄く切った野菜をそっと置いて、次第に熱せられてくるにしたがってジクジクと油が滾《たぎ》り、音が立ってくる。

この音が出てくると、そこにある圧力というか波動というか、インパクトがかかって、これがよろずの味を良くするのだと、S氏は大真面目で分析してくれた。なるほどそれはそうかもしれぬ。ジクジク、ジュワジュワと焼くその圧力のようなものが、なにかを旨味に変える、ような気が確かにするのである。

そうしてこの際、味付けは、ただ「塩」だけ、それがSさんの野菜焼きのキモなのであった。由来、野菜にはアミノ酸的旨味《うまみ》というものがほとんど含まれていないので、肉や魚などに由来する、あるいは発酵によって増幅された「旨味」を加えてやらないとおいしくないと、私は思っていた。

しかし、よく考えてみるに、味付けをごく単純な「淡い塩味」だけに限定してみると、その味つけの足りない分、野菜のもっている本来の甘みや辛味や苦味や、ようするに「野菜の味」が際立って感じられてくるのであった。

ただし、そうなると、塩のクオリティが大切である。あまりに単純な食卓塩では塩の味がキンキンと尖っていて薄っぺらく、野菜と噛み合わない。

やはり、しかるべき岩塩とか、天然自然の海水を煮詰めた塩とか、そういう「不純物」があれこれ含まれている塩にこそ味の秘鍵《ひけん》が隠されているのである。

そこで、私は特別の塩を用意していくことにした。

ひとつは天草のソルトファームの天日塩《てんぴじお》、もうひとつはバングラデシュ産のブラックソルトである。

この海水由来の天日塩は、もっぱら野菜に用い、硫黄分に富むブラックソルトは肉に用いるとおいしい。

それも、塩は決して使いすぎてはいけない。ほんのかすかに、味を付けたか付けないか、そのほんのりとした塩味を味蕾《みらい》がキャッチするとき、塩に邪魔されない形で、野菜自身のほのかな味わいがスーッと舌に感じられてくる、そういうあわいである。

そこで、最近またS夫妻を信州信濃大町の別荘に招いたときに、私は、地元産品による鉄板焼きでもてなすことにした。地元の農家の作ったじゃがいも、万願寺唐辛子、人参、かぼちゃ、モロッコインゲン、カリフラワーなどを用意すると同時に、大町黒豚という新顔の名産豚のロースのスライスを用意し、これをイクストラヴァージンのオリーブ油で焼いて食べることにしたのである。むろん、塩は天日塩とブラックソルトである。

カリフラワーなども、五ミリくらいの薄さにスライスして、さっと焼いて、ほんとうにかすかに塩を置いてやる。その際、焼き過ぎぬことが肝心で、ただ軽く表面を焼きたてたという程度にして食べると、サクサクとした食感と、自体の甘みとで、大変に楽しめる。それは味だけでなく、カリフラワーをスライスしたときの樹の形にも似た造形の美しさも味のうちというものだ。

こうして、カリフラワーの白、いんげんの浅緑、人参の朱色、そして万願寺唐辛子のつやつやした緑と、彩りも楽しく、一つひとつの味もみな際立って、野菜の食い方ここに極まるという感じさえした。

筍《たけのこ》をどっさりと

よろずの野菜がハウス栽培になり、そのせいで季節感がとんとなくなってしまったのは、便利な反面淋しくもある。

キュウリや茄子なども、俳句の季語としては夏であったし、枝豆などは秋のものとされていた。が、かかる季節感を知る人も、今や寥々《りょうりょう》たる数に過ぎぬことであろう。そういうなかで、蕗《ふき》の薹《とう》やタラの芽は春、筍は初夏というあたりは、いまも歴々として季節感を留めている珍しい素材である。

筍は、現在はあの孟宗竹《もうそうちく》のどっしりと太いのを指すものと決まっているが、じつは孟宗竹は渡来植物で、江戸時代、薩摩に中国から齎《もたら》されたのが全国に広がったのである。それ以前は、筍と言っても、あの筆のような細さのネマガリタケの子（姫筍）や、すらりと細いマダケの子を指すのが当たり前であった。それらは天然の産物で、孟宗竹よりはちょっと遅れて、五月六月くらいの初夏が出盛りとなる。

どの筍も、私はこの快い晩春初夏の季節感とともに深く愛するところ、毎年この季節にはどうでも食わずにはおかぬ。

そう思っていたところへ、旧知のMさんから、お庭で生えた孟宗竹の筍を、どさっと三本頂戴した。

筍は、掘ってから時間が経つほどアクが強くなっていって味が落ちるので、一刻を争ってまずはこれを茹でる。

ご定法《じょうほう》にしたがって、糠を投じた水で茹でること一時間、火を消したらそのまま放置してすっかり冷めるまで待つ。

この一連の下ごしらえの過程で、筍はアクが抜けて独特のよい香りが立つ。

さてそれを、どう料理するか。まずは薄味に仕立てた出汁《だし》でじっくりと煮含め、火を止めてから和布《わかめ》を投じて冷ます、そうするとこの冷めていく過程で、おいしい出汁の風味が筍に染み込んでなんともいえない好風味を演出するのだ。

それに、筍ご飯。

私は、研いだ米に、薄い扇形に切った筍（もちろん茹でて下ごしらえしたもの）を加え、清酒を少々と、醤油を米一合に対して大さじ一杯加えて、そのまま炊く。これで炊き上がってくるときの、なんとも言えないおいしそうな匂い。これはこの季節の新筍でなくては決して味わわれないところである。

とまあ、その他も、甘辛く熬《い》り付けたり、フライにしたりと、いろいろな食べ方があるだろうけれど、私は今回、ちょっと新機軸を試みることにした。

「筍のマリネ」である。

マリネは、亡き母がよくワカサギだとか豆鰺《まめあじ》だとかで作ってくれたもので、その味が私の舌によく刷り込まれている。それを魚でなくて、いま目前に茹で上がった筍で試みてみてはどうだろう、そう思いついた。

そこでまず、茹でた筍……今回は比較的小ぶりでスマートな体格の筍であったので、これを縦に二つに割り、そこからまた縦に薄く切って、つまり櫛形《くしがた》の切り身に作る。

これに小麦粉をしっかりと、しかし薄くまぶして、百八十度くらいのサラダ油に投じる。そうして、全体がカラカラッとしてくるまでよく裏表返しながら揚げるのである。

いっぽうタマネギを薄くスライスして、ざっと熱湯をかけ、臭みと辛味を抜いてからバットに取り、そこへ沸騰したマリネ汁をざっとかける。マリネ汁は清酒と味醂を煮切り、減塩醤油と若干の砂糖、そして酢を加え、トウガラシを少々投じて沸騰させるのである。

こうしてマリネ汁とタマネギスライスを絡めたところに、今や揚げたての筍をジュワジュワッと言わせながら、フライパンから直《ちょく》に投じて、手早く汁を絡めていくのである。すっかりマリネ汁に絡めたところで、全体を、汁と渾然一体となったタマネギスライスで覆い、しばらく粗熱《あらねつ》の去るまで待ってから、ラップで覆って室温まで冷やしてやるのである。

これまた冷える過程で、さしも硬質な筍と雖《いえど》も、マリネ汁の甘辛い、そしてタマネギ風味の加わった味が、じんわりと染み込み、なおかつ小麦粉の衣がその全体を覆って味をしっかりと決めてくれる。

こういうふうにして、旬の筍を茹でてマリネにしたのは初めての工夫であったけれど、いやいや、これがまことに驚くほどの美味で、たちまちバット一杯ぺろりと平らげてしまった。それでいてカロリーなどはごく低く、食物繊維はまことに豊富とあって、こんなに良いものはめったとないのである。

おいしい一冊

元来が食いしん坊で、そこへ持ってきて正真の下戸ときているから、どうしても興味は酒餅《しゅへい》の論で言えば、餅の肩を持つのほかはない。かかる偏屈人《へんくつじん》の先蹤《せんしょう》とては、古くは井原西鶴ありて、『万《よろず》の文反古《ふみほうぐ》』に「来《きた》る十三日の栄耀献立《ゑようこんだて》」なる奇作あり、ちかくはまた、荷風散人の『荷風随筆集』に収むるところの「妾宅《しょうたく》」に、「先生は汚らしい桶の蓋《ふた》を静に取って、下痢《げり》した人糞のような色を呈した海鼠《なまこ》の腸《はらわた》をば、杉箸《すぎばし》の先ですくい上げると長く糸のようにつながって、なかなか切れないのを、気長に幾度《いくたび》となくすくっては落し、落してはまたすくい上げて、丁度好加減《いいかげん》の長さになるのを待って、傍《かたわら》の小皿に移し、再び丁寧に蓋をした後、やや暫くの間は口をも付けずに唯《ただ》恍惚として荒海の磯臭い薫《かお》りをのみかいでいた」などという古今独歩の境地あるを見るけれど、いずれも、「食をテーマに書かれた」書物とは言い難い。

そこで、わが貧しい書室の棚を探るに、辛うじて、内田百閒《ひゃっけん》の『御馳走帖』を得た。

名文家を以て鳴った百閒が、その筆を尽くして書いた食いしん坊の魂が、この本には至るところ躍如《やくじょ》としていて、空腹時に読むと本当に腹の虫がぐうと鳴くのを覚える。

どこを開いて読んでも美味この上ないことであるが、たとえば、「油揚」という小品一つを読むだけで、この人が、如何に食べることが好きで、またよく味わったかが知れる。「夏の夕方に、蒲鉾屋の横山から、焼き立ての蒲鉾と鱧皮《はもがわ》を売りに来た。（略）まだ温かくて、皮がふわつと脹れてゐる。切り取つた後の板に残つた身を、庖丁の刃を真直ぐに立てて、がりがりこさげて取つたのに、生姜醤油をかけて食べるのが好きであつた。蒲鉾の味の中に木の香が混じつて、何とも云はれない風味がした」などと書くその筆致は、あたかも数十年の年月を超越して、いま目前に往時の美味を彷彿せしむるが如くである。それからまた、富商の若旦那であった時分に、近所の貧家の外で、その家の子を待っていると、「辺りに何とも云はれない、うまさうなにほひ」がして、「かかん、これん、一番うまいなう」というその貧家の子の声がした。油揚の焼いたのを喰っているところなのであった。さっそくその真似をすると、「じゆん、じゆん、じゆんと焼けて、まだ煙の出てゐるのをお皿に移して、すぐに醤油をかけると、ばりばりと跳ねる」、うーむ、どうです、この鬼神をも垂涎《すいぜん》せしめるような描写の妙は。

そしてもっとも面白く、身につまされるのは、「餓鬼《がき》道肴蔬目録《どうこうしょもくろく》」というもので、これは「昭和十九年ノ夏初メ段段食ベルモノガ無クナツタノデセメテ記憶ノ中カラウマイ物食ベタイ物ノ名前ダケデモ探シ出シテ」書きつけたというものであった。曰く、さはら刺身　生姜醤油、たひ刺身、かぢき刺身、まぐろ　霜降りとろノぶつ切……牛肉網焼、ポークカツレツ……油揚げノ焼キタテ、揚げ玉入りノ味噌汁、青紫蘇ノキヤベツ巻ノ糠味噌漬……とこの調子で延々と空想上の美味が書き連ねられる。ある意味で、目前現実の美味をあれこれ論うよりも、百倍千倍切実なる垂涎味がある。一読三嘆、舌頭千転の奇書なるべし。

折々の味わい〈夏〉

さて、夏の盛りにこんな句を作った。

大汗のカレー蕎麦なり洟《はな》たるる

カレー蕎麦というものは、蕎麦通などを気取っている人からすれば邪道という誹《そし》りを受けるかもしれないが、なに、かまうものか。誰がなんと誹ろうと、私はカレー蕎麦を愛することひとかたでない。どこのなんという店のカレー蕎麦、とか、そういう指定になじまないのがカレー蕎麦というもので、どこで喰ってもたいていまあ喰える。特に、夏の暑いときには、その熱々のカレー蕎麦を、ハフハフ言い言い、舌を焦がしながら喰うのがほんとうだ。そうすると、ただでさえ暑いのに、全身から玉の汗が吹き出でて、その暑さは尋常でないけれど、そこがよい。ただし、カレー蕎麦と言っても、普通のかけ蕎麦にカレーライスの汁をかけるなんてのは邪道のなかの邪道で、あれは尋常の蕎麦ツユで豚肉とタマネギ（長ネギの店もある）を煮て、それを片栗粉でどろりとさせ、そのカレー餡に蕎麦を泳がせる、という姿の物でないといけない。ゆめゆめ、かけ蕎麦にレトルト臭いカレー汁をかけたりしてはいけない。

で、カレー蕎麦を喰うと洟が垂れるが、あれはどうしてであろうかな。

箸に重る背節鰹《せぶしかつお》や父の酒

もう母も父も、お浄土のほうへ旅だっていってしまった。しかし、今頃になって、ふとまだ両親が若くて、私どもが少年であった時代のことが懐かしく思い出されることがある。

夏になると、いよいよ鰹の季節であるが、母はとくに鰹の刺身が好きであった。その鰹の刺身を作るとき、母はいつも必ず「背節鰹」のサクを買って来て、ちょっと厚めに切って出した。父は、その鰹の刺身で、ウイスキーをオンザロックスにしたのをグラスに一杯だけ、晩酌に飲んだ。酒を飲んで酔っぱらうということはついぞない父の酒であった。ちびちびとウイスキーを舐めながら、くだんの背節鰹の刺身におろし生姜をのせて、ちょいと醬油につけて喰う。もう使い慣れた会津の塗り箸で、それをおいしそうに食べる父の脇で見ている私は、よほど食べたそうな顔をしていたのであろう。父はいつも「喰うかい」と言って、一切れ二切れ食べさせてくれた。背節鰹は、もっちりとしてひんやりとして、しかもあっさりとして、じつにおいしいと思った。

梨齧《かじ》るsplash好《よ》し風一過《いっか》

秋風が吹きそめる頃になると、梨が出てくる。梨は、もっとも秋らしい果実で、今でも比較的に旬がはっきりとしている。昔は長十郎と二十世紀とが勢力を二分していたが、今は幸水やら豊水やら、季節の推移とともにさまざまな味を渉猟できるのはありがたい。梨はまた、咽喉《のど》の妙薬で、私は声楽の本番のときには、いつも楽屋に梨を用意しておく。そうして、なにょりもあの梨を一口嚙《かじ》ったときに、口いっぱいにあふれてくる瑞々しい果汁のよろしさ。その瞬間に残暑もスッと消えて一陣の爽風が吹いてくるような心地よさ、あれは梨でなくては味わわれぬ。その消息は、むしろsplash!と英語で書いたほうがしっくりする、と思ってこんな句を詠んだ。

夕顔を煮て飯炊いて佳き日なり

夕顔というものは、あまり東京の八百屋には出ないもので、ふつう干瓢の形に加工されたものしか食卓にはのぼらないと言っても過言ではないであろう。

しかし、信州あたりでは、秋になるとどこの八百屋の店先にも、巨大な夕顔の実が山積みされているのを見ることができる。どういうものか、栃木あたりの干瓢にする夕顔はスイカのように丸いけれど、信州のそれは白瓜《しろうり》の親方とでもいうような風情の長細い姿をしている。

あるとき、これを送ってくれた人があって、私はさっそくその実を細く薄く切って、ちょっと半日ほど陰干ししてから、油揚げと一緒に甘辛味の炒め煮に作った。すると、ああ、ああ、なんという美味であろう。干した干瓢の旨さに、瑞々しい風情をそえて、つるりとした食感と、こりこり食べる噛みごたえと独特の風味、ちょっと干したせいで味もしっくりと染みて、なんのクセも無い。あれほど旨い煮物はそんなにあるものでない。

それ以来、いままでこんな美味を知らずにいたが残念と思って、秋の夕顔を楽しみにしている。だから、その夕顔の実を手に入れて、しっくりと煮て、新米でも焚いて、さあ飯！　と、この幸福感というものは、ちと筆舌に尽くしがたい。

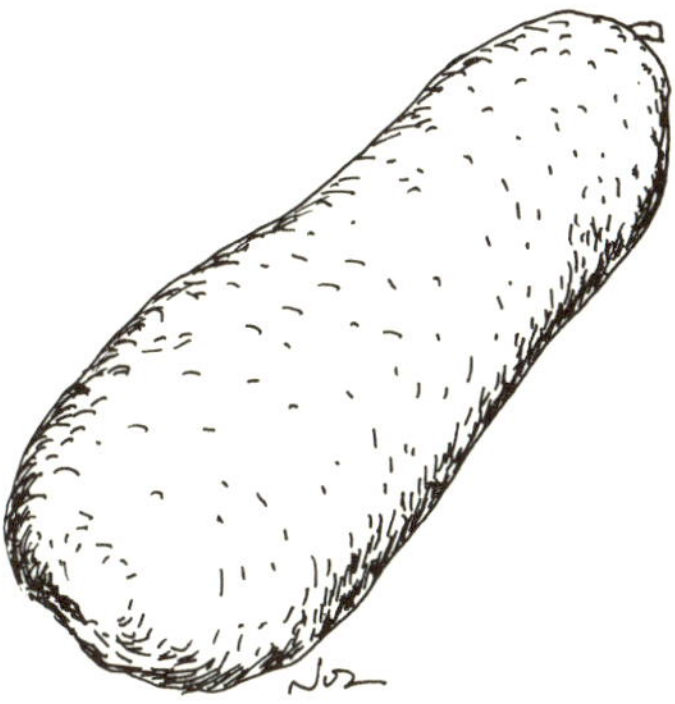

月山竹《がっさんちく》の香り

音楽仲間のKさんのご郷里から、月山竹というものをたくさんに頂戴した。

これは、より一般的な呼び方で言えば、つまりネマガリタケの筍なのだが、そのなかでも月山のそれはまた、風味が格別で、特に月山竹と呼ぶのだという。

ネマガリタケの筍というと、ひとつの思い出がある。

もう何年前になるだろうか、秋田の小坂の康楽館という古い芝居小屋を見物に行ったときのことだ。

そのごく近いところの川沿いに、花園館という古い映画館があった。これは今でもあるかどうか、ちょっとわからないのだが、その時分も、もう映画館としてよりは、お茶屋さんとして営業しているようであった。

ともあれ、その花園館に一服したときに、女将さんがしきりとなにかを料理している……それが、山盛り大量のネマガリタケの筍であった。

「おいしそうですねえ」

と、いかにもよだれを垂らしそうな顔で言ったら、

「おいしいですよー。ちょっと食べてみますか」

と、下心の願いどおりに、その鍋いっぱいに煮上がったネマガリタケをお皿に取り分けて出してくださった。

我ながら図々しいとは思ったが、いやいや図々しいのは生まれつきで、それがためにずいぶんあちこちでおいしいものを食べさせてもらったものだ。

で、その鰹節と和してしっくりと煮上げられたネマガリタケの筍は、寸毫《すんごう》もアクがなく、じつに清爽なる風味で、しかもサクサク、ほろほろと得《え》も言われぬ歯ごたえが楽しかった。この経験によって、ネマガリタケというものは旨いものだなあ、とつくづく心に染み付いていたのだが、東京のスーパーにはなかなか新鮮なそれは売っていない。

そうして、この度はまた、ネマガリタケのなかでも風味絶佳なるを以て知られる月山竹の筍である。私はその小包の届くのを一日千秋の思いで待った。

なんでも月山のあたりでは、この季節にたくさん採れるのだそうだが、そんな旨いものを森の美食家たる熊公が放っておくわけもなく、山に入ってこの筍を採るのは、熊に出くわさぬように細心の注意が必要なのだ、となにかで読んだ。なるほどそうでもあろう……となれば、それをいただけるということのありがたさはまた格別である。

そして某日、その待望の名品、月山竹が届けられた。

これをどうやって食べるか、まずは送ってくださったKさんにご教示を仰いだところ、なにはともあれ、ホイルで包んでグリルで焼くのが一番その風味を賞翫し得る、と教えてくださった。

今年はまたたいそう豊作の由、見れば見るほど、すっきりと真っ直ぐに伸び、根本にはなにやら力感を感じさせる赤みが湛《たた》えられている。これはいよいよ成長していくためのエネルギーが、こういうところに蓄えられているに違いない。

さっそくこれをざっと洗って、そのままホイルに包み、グリルに投じて、十五分ほど焼いた。生のときは、かっちりと固い感じであったのが、焼いたのちはふんわりとした触感に変わっている。そうして、ホイルから出してみると、全体に蒸したような感じになっており、皮を軽く焦がしたときの、独特の芳香がフッと立ち上る。

熱い熱いところを、先っぽをちょいとつまみながら、「アチ、アチチ」と独りごちつつ、爪で引っ掛けるようにして皮を剥く。皮も生え際が蒸されてすっかり軟化しているので、力をも入れずしてするりするりと剥けた。

こうして何枚か剥ける限り剥くと、スレンダーな筍が裸身を顕した。これがまた良い香りである。なんと喩えたらよいだろう……上等のとうもろこしを素焼きにしたときの甘い香りにも似て、まことに濃厚な芳香が鼻腔を穿つのである。

そのまま醤り付いてももちろんおいしいが、ごく上等の焼き塩などを、ほんのわずかに付けて食べると、また甘みが際立ってきて、旨さも一段である。

こういう風味は、ほかのものではなかなか味わうことができぬもので、たしかに月山竹をとりわけて称揚するのには十分な理由がある、と思った。

まだ残っている分は、よしよし、煮付けと天ぷらにして食べることにしよう、ふふふ、楽しみ楽しみ！

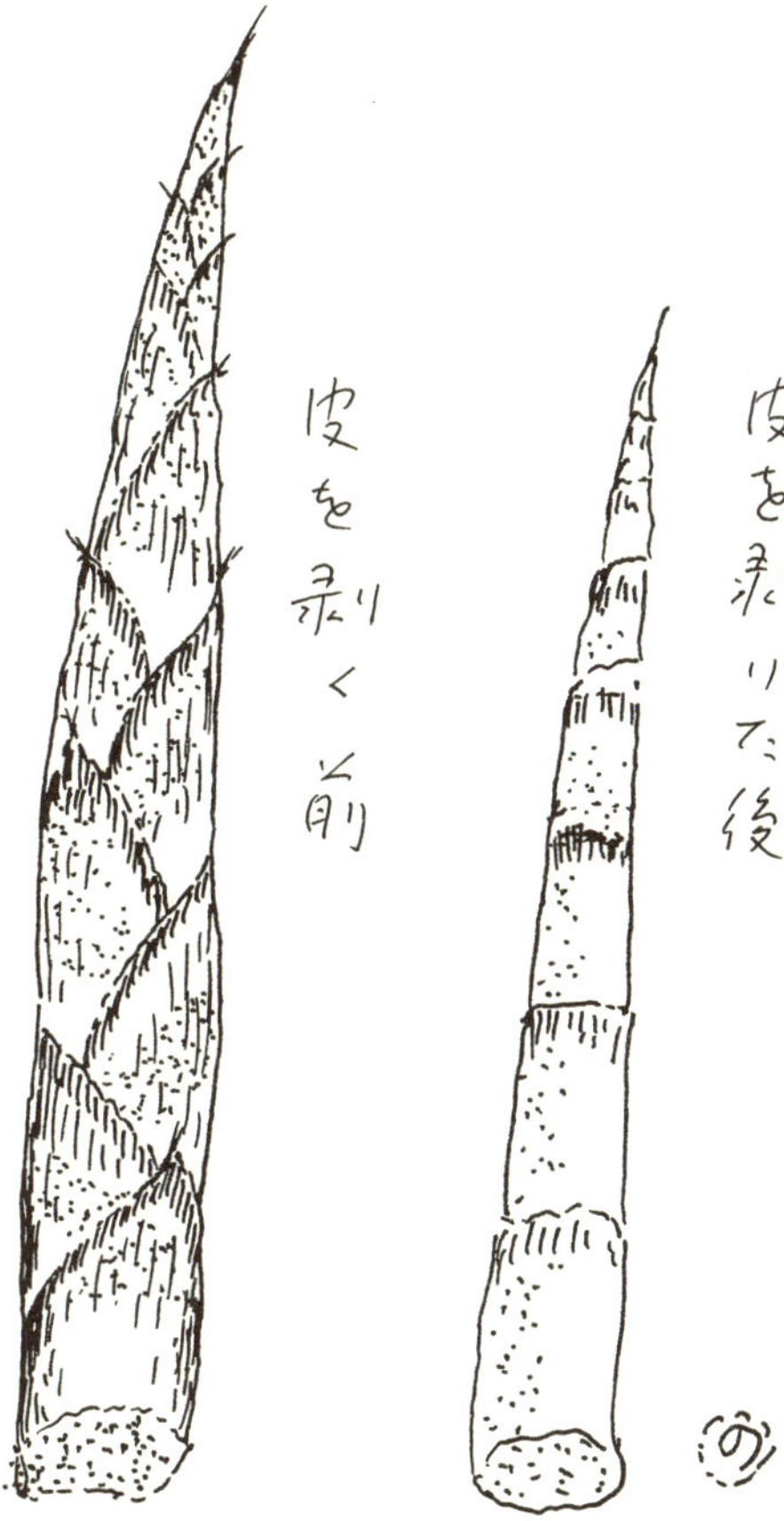

月山竹の図

粽《ちまき》食べ食べ

もう失われてしまった童謡は数多いなかで、とりわけ私にとって懐かしい曲がある。『背《せい》くらべ』という歌だ。

柱のきずはおとといの
五月五日の背くらべ
粽食べ食べ兄さんが
計ってくれた背《せい》の丈《たけ》
きのうくらべりゃなんのこと
やっと羽織の紐の丈

（海野厚作詩、中山晋平作曲）

昭和も戦後のいわゆる団塊世代の私たちにとっては、この童謡に描かれたシーンは、すなわち目《ま》の当たりの現実であった。

当時は、どの家にも三人とか四人とかの子どもたちがいて、家のなかに兄弟姉妹という環境が必ずあったと言ってもよい。私は兄と妹のいる三人兄弟の真ん中であったが、たしかに、背丈というのは子どもにとっての成長の目印であって、私の場合は、年子の兄に、なんとかして追いつき追い越したいと、そう思い思いしながら育ったものだ。

そのため、毎年男の子の節句である五月五日になると、恒例のこととして背くらべをした。それは、家のなかにどれか一本、背くらべの柱というのを決めておいて、その柱に背中をつけてまっすぐ立ち、注意深く頭頂部の高さに鉛筆などで線を引き、何年五月五日のぞむ、とか書き入れておくのである。

翌年になると、あきらかに背丈の伸びたその伸び代が明示されて、子どもの私どもはその差何センチに歓びを感じるのであった。この歌では「去年」ではなくて「おととし」なので、それがどうしてだかは、いろいろな説があるらしいが、要するに七五調の音節数からすると「きょねん」では拍節が足りなくなるので、「おととし」にしたのだろうと私は想像している。

ところで、歌のなかでは兄さんが「粽」を食べ食べ、弟の背丈を計ってくれたということになっている。すなわち、五月の端午の節句の行事食として、この歌は粽をあげているのだが、実を言うと、私は粽を食べた記憶はほとんどない。概して東京では、端午の節句の行事食としてはまず第一に柏餅であって、粽だってなくはなかったけれど、ふつうの家庭ではわざわざ粽を作ったり買ったりして食べるという習慣はなかったような気がする。大方のところを言えば、関西（特に京都）は粽、関東は柏餅という大ざっぱな棲み分けがあったのでもあろう。もっともその柏餅も、あの手のひらのような形の柏の葉を使うのは東京の習慣で、これが四国九州あたりでは、サルトリイバラというもう少し小振りの木の葉で包んだものであった。

この歌を作詩した海野厚は静岡の人で、彼の郷里ではもしかすると粽が一般的であったのかもしれない。

それはともかく、こういう習俗はどんどん崩れてきていて、今の子どもに「柱のきず」だ「背くらべ」だといっても、もう分からないかもしれない。

今の住宅には、マンションであれ、一戸建てであれ、柱というものがほとんど見当たらなくなってしまった。わずかばかり残った和室の柱にしても、そこに背くらべの線を鉛筆で書くなんてことは家が汚れるというので、いやがる親が多いかもしれぬ。

しかし、昔の家は和室ばかりだったから、そのなかで、いわゆるお茶の間という「普段着」の部屋の柱などは、さしずめこういう背くらべの格好の指標となったのであろう。

私の記憶では、高田馬場にあった祖父母の家に行くと、背くらべのマークはお茶の間の柱にたくさん書かれていて、私ども兄弟、それに父の兄弟の子どもたち、つまり私にとってのイトコたちの名前もあって、その柱に、家族の成長の息遣いが残っていたのも懐かしい。

今は祖父母は無論のこと、父や伯父叔母も亡くなり、私の妹も年長の従姉も亡くなってしまった。そうして、かつてあったあの家族の賑わいのような空気が、もはやどこかへ消えてしまったのは、なんとしても寂しいことである。

家めしは飽きない

子どもたちが独立してそれぞれ一家を構えて、私どもは夫婦二人だけののんびりした暮らしになった。

こうなると、折々に外食なども楽しみたいと思うのだが、これが意外なことに、それほど外食をしたいとも思わなくなった。

現在、私の家では、料理は朝晩とも私が担当で、妻は原則として一切料理はしない。

これはどうしてかというと、もともと私は料理好きで、好きこそものの上手なれということわざどおり、料理は得意中の得意ときている。ところが妻は、どちらかというと料理は嫌いであまり上手ではないので、それなら、好きで上手な私がもっぱらこれに当たるのが理の当然ではなかろうかと思って、そうさせていただいているだけのことである。

もう十年近くまえに、私は急性胆嚢炎を患って七転八倒、ほんとうに死ぬほどの痛みに苦しめられた結果、食生活を一変することとした。

以来、胆嚢に負担をかけるような高脂肪の食事は原則禁忌として、おもに野菜をたくさんに食べるという食生活に転換したところ、大変に調子がよろしい。やはり人間は、あまり高脂肪なものを喰い続けるものではないと、つくづく感じつつ暮らしているところである。

ところが、外食というものは、どこでなにを食べようとしても、かならずこの高脂肪の壁に突き当たる。

野菜でも、サラダとなれば、オイルがタップリと入ったドレッシングくらいかけてあるだろうし、肉には脂肪がつきものだし、魚だってフライパンで西洋式にソテーしようとすれば、油を用いることが避けられまい。ラーメンなどは、わざわざ背脂を振りかけてギトギトにして出すところさえある。

そんなことがあって、まずフランス料理、イタリア料理には行かないことにした。インド料理も中華料理も、油っこいことは人後に落ちないだろうし、韓国料理また然り、結局、和食がよろしいな、ということになる。

ところが、和食といっても、天ぷらのようなものは油がたっぷり含まれているので不可、またエビ・カニアレルギーを持っているために、そこにも制限が加わってくる。

で、結局、いつも蕎麦とか寿司、というのが外食の定番になってしまっているのである。けれども、それも毎度毎度というのはなんだか能の無い話で、どんなおいしい店であっても、やはり単調で飽きが来るのを避けられぬ。

と、ここにおいて、だんだんと外食も気が重くなってきた。

大学の教師をやめて筆一本の暮らしになってからは、そもそも外に出歩くという行動自体が激減してしまい、畢竟、食事も家で食べる……つまり自分で作ったものを食べることばかり多くなったが、すると自分の好きな味に自分で作るのだから、毎食工夫のし甲斐はあるし、おいしいのは当たり前というものだ。

ときどきは時間がなくて、いわゆる「買いおかず」などをすることもあるけれど、これが一食食べ終わる頃には、なんだかすっかり口が飽きてきて、もういやだという感じがしてくる。ましてや、二日も三日も連続して出来合い物など、ぜひ御免を被りたい。

出来合いのおかずは、一言で言うと、みな味がつけすぎてあるのだ。だから、だんだんと食べているうちにもう味の神経が飽和状態になって飽き飽きするということのように思われる。外食もこれに同じで、ファミレスの食事などもせいぜい一、二回が限度、それ以上は口が飽きてしまう。よろず万人向きの最大公約数的な味付けになっているがゆえに、どこか自分の味の感覚とズレてしまうのである。

私自身は、健康のことも考慮して、ほんとうに淡あわとした味付けにしているのだが、そうすると、ほんとうに口が飽きるということがない。

そんなことで、この頃は、月に二、三回くらい、馴染みの寿司屋で握りをつまむとか、上等の手打ち蕎麦屋で、もりそばを手繰《たぐ》るとか、そういう程度のことになった。こういう枯淡の境地もまた自然の摂理であろうかと、既往を顧みて、ふと自らに憫笑《びんしょう》する日々である。

湯通しの効用

たとえば鮮度のよい胡瓜《きゅうり》などが手に入ったとき、私は盛大にピクルスを作る。

この際、胡瓜をまずは良く流水にて洗ってから一口に切り、そのあと、大きな鍋に湯を沸かして、切った胡瓜をざっと投じ、くるくるとよく湯中を泳がしてから、熱いうちに耐熱のガラス瓶に詰める。その一方で、水で二倍に薄めた酢に、砂糖、塩、黒胡椒、月桂樹の葉、そして鷹の爪の輪切りなどを適宜入れて自分の好みの味加減にし、これを強火にかけて煮立ってくるまで急速に加熱するのである。

そうして今や湯を潜って瓶に詰められた熱い胡瓜の上から、この煮立った加減酢をザッとかけると、間髪《かんはつ》を容《い》れず蓋をして、きつく密閉してしまうのである。こうして、置くこと一昼夜ほどで、けっこうおいしく食べられる。しかも瓶詰め滅菌されている関係で、蓋を開けなければ一月《ひとつき》でも二月《ふたつき》でも日もちがするから、すなわち夏の出盛りのもっとも充実した胡瓜は、こうして保存しておくのがよい。簡単だけれど、じつにおいしい。

こういうやり方で、私は、胡瓜ばかりでなく、カリフラワーや大根、人参、ピメントなど、なんでも酢漬けにして保存すると、パンのおかずに、ピザのトッピングに、カレーの薬味に、いろいろと使いでがあって楽しい。

かくのごとく私はピクルスを作ってきたのであるが、最近、天保七（一八三六）年に江戸で出版された『漬物早指南《つけものはやしなん》』という本を手に入れて通読してみたところ、また教えられるところが多かった。

なにしろ、その頃の漬物というのは、今の感覚からしたら、猛烈に塩辛いものであったことが分かる。

それからまた、今ではあまり見かけない漬物にも遭遇した。たとえば「千枚漬《せんまいづけ》」といったら、あの京都の、大蕪《おおかぶら》を薄く切って甘く漬け込んだ、あれを想像するけれども、江戸の「千枚漬」は全く違うものであった。

「紫蘇《しそ》の葉《は》を一枚《いちまい》づつ能洗《よくあら》ひ、百枚二百枚段々《だんだん》と重《かさ》ねて麻糸《あさいと》にてとぢ、ざつと湯《ゆ》をくぐらせて板《いた》にはさみて、水気《みづけ》をとくとしぼり、味噌桶《みそおけ》の底《そこ》に並《なら》べて、竹《たけ》をわりて動《うご》かぬ様《やう》におさへおくなり。みその溜《たまり》自然《しぜん》としみわたりて、日《ひ》あらずしてつくなり」

とある。つまりは紫蘇の葉の溜まり漬けのことなのだが、ここで漬ける前に熱湯を潜らせるとあることに注目したい。

こうした手順は、「牛旁《ごばう》味噌漬」でも同じで、

「牛旁《ごばう》の本末《もとすへ》を去《さり》、中《なか》の所斗《ところばか》り六七寸に切《きり》、是《これ》もざつと湯《ゆ》をくぐらせ、味噌《みそ》に漬《つけ》るなり」

とあるだけでなく、「守口大根粕漬《もりぐちだいこんかすづけ》」でも、まず第一手順として、

「是《これ》も大根に湯《ゆ》をくぐらせ、一日《いちにち》ひにかわかし云々」

とする。むろん、湯通しをせずに単純に干したり漬けたりするのが塩漬け系統のものでは当

たり前なのではあるが、味噌漬や粕漬けとなると、こういうふうに湯通しの手順を踏むものが珍しくない。これは要するに、牛蒡《ごぼう》や大根のような泥付きの野菜の表面の雑菌を消毒して、不用意に黴《か》びたりしないようにという、ご先祖がたの経験的な知恵でもあったかと思われる。

要するに、漬物というのは、もともと発酵という技巧を、極めて多様に利用しながら味わいを探求してきた私どもの祖先がたの、その知恵の結晶なのであった。

この本のなかには、今ではもう作られなくなった面白い漬物も紹介されている。たとえば、「鼈甲漬《べつかうづけ》」というのは、こうするのである。

「糠味噌漬《ぬかみそづけ》の故《ふる》き茄子《なすび》を丸《まる》にて塩出《しほだ》してよくしぼりて庖丁《ほうちやう》し、味醂酒《みりんしゆ》を沢山《たくさん》にかけて浸《ひた》しおくこと三十日ばかり、茄子《なすび》すきとをるほどひやけて奈良漬《ならづけ》の茄子《なすび》にまさることとをし」

と。また「菜豆青漬《いんげんあをづけ》」というものは、

「夏《なつ》の土用中《どようちう》に、隠元《ゐんげん》ささげをとりて、豆腐《とうふ》のからの水気《みづけ》をよく絞《しぼ》りとり、塩《しほ》と等分《とうぶん》にまぜて、右《みぎ》のゐんげんを押漬《おしづけ》につけて、動《うご》かさずして畜《たくわ》ふ。冬《ふゆ》のうちより春《はる》へかけて、塩出《しほだ》して、銅鍋《あかがねなべ》にて湯《ゆ》でれば、其色生《そのいろなま》のごとし、さのみ風味《ふうみ》もかはる事なし」

とある。これなど、冷蔵も冷凍もできなかった時代に、なんとかして夏の新鮮な野菜を、青物の乏しい冬場まで持たせたいという切実なる願いから案じ出された知恵であったろう。まことに発酵技術を巧みに使いわけた日本人の知恵がここに躍如《やくじょ》としているのである。

野菜大尽なる日々

この長雨やら異常気象やらで、今年はなにやら野菜が高い。

日本人は特に野菜が食事の中核をなす食文化であるから、野菜が高いのは、皆様ほんとうにお困りであろうかと思う。

さるなかに、いささか恐縮なる話であるけれど、私自身は、おいしい野菜を豊かに食べて暮らしている。

というのは、息子のお嫁さんの実家は新潟県糸魚川市の兼業農家なので、私のところは、もっぱらそのお父さんの丹精した自家用のコシヒカリ（これがまた実においしいだけでなく、低農薬有機米ですこぶる安全なのである）を分けてもらっている。そのお米が送られてくるのに添えて、たいてい自家用の畑で出来た野菜も一緒に送ってくださる。

これがまた、まことに結構なものだ。

目下夏休みで、アメリカからその息子の妻子三人が一時帰国して拙宅に住んでいるので、日頃は夫婦二人で暮らしているところ、急に人数が増える。とくに今年は、アメリカに住んでいた娘の一家五人も、拙宅の隣の旧両親宅にほぼ定住的に帰国してきたからたいへんだ。にわかに家族は総勢十人という大人数となり、私は毎日民宿のオヤジのような状態で大奮闘しているのである。

けれども、その口数の多い分を助けてくださろうというのもあってか、野菜も糸魚川からどっさりと送られてきた。野菜というものは、夏がよろず生り物の旬と申すべき時期ゆえ、さあ、できはじめるとどんどん大きく熟して、とても自家用では消費しきれないほど出来てしまうのだということである。

そういうわけで、大きなダンボールの箱に次のようなものが詰めあわされて届けられた。枝豆、かぼちゃ、トマトとミニトマト、胡瓜、茄子（丸茄子に細茄子）、さやいんげん、じゃがいも（男爵、キタアカリ、メイクイン）、玉ねぎ（赤玉ねぎと普通のと）、ズッキーニ。

私も野菜は好きで、日頃から菜食に近いような暮らしをしているせいもあって、これほど嬉しい贈り物もない。

それから、現在はたまたま信州の山荘に滞在中であるが、つい昨日、出入りの地元水道屋さんが、

「これ、おふくろが作ってるんですが、どうぞ上がってください」

と言って、さらにまた立派な胡瓜をドカンと一袋持ってきてくれた。

さらにさらに、数日間山荘に遊びに来ていた孫たちを、その糸魚川のお嫁さんの実家まで送っていったところ、あちらのお母さんが、すぐ裏の畑に行って、またもや枝豆やらモロヘイヤやら、それに立派な青じそやら、丸々一個のかぼちゃやら、袋にいっぱいのトマトやら、モロッコインゲンやら、ドジョウインゲンやら、子どもの腕ほどもある大きなズッキーニやらをく

ださった。自家用の畑で穫れたもの、あるいは近所の人が持ってきてくれたもののおすそ分けなど取り混ぜて、またもや箱いっぱいほどの野菜をおみやげにもたせてくれたのだ。

かくて私は、まことに幸いなことに、野菜大尽の日々となったのである。

そこで今日は、その赤白二色の玉ねぎをみじん切りにしてオリーブ油で炒め、湯むきして切ったトマトをどっさり入れ、白ワインなども入れて、ことこと煮込んでトマトソースを作り、そこに、茄子やら新鮮な刺身用スルメイカをざっと輪切りにして入れ、さらにぐつぐつ煮込んで、ブイヨン、塩、胡椒、赤唐辛子などで味をまとめた。

このトマトソース、おそらく完熟のトマトで作ったせいであろうか、甘い調味料はなにも入れていないのに、おどろくほど甘くおいしく出来上がった。

かくて、海水ほどの濃度の塩水でちょうどよく茹でたスパゲッティのうえに、この烏賊入りトマトソースをば、こってりとかけて食べた。

使った油は良質のオリーブ油をほんの大さじ一杯程。あとはまったく油を加えず、ひたすら野菜の旨味を活かそうという調理法で臨んだところが、まんまと大当たり。にんにくのような匂いの強いものは、あえかな野菜の旨味を殺してしまうゆえ一切加えずに作った。いや、じつはこれがいちばん旨いのだ。

こうして、幸いに今が旬の「畑で熟した低農薬自家用野菜」を惜しみなく使って料理する日々、これぞ本当の贅沢というもの、いや、まことにありがたい。

○五二

山里のご馳走

八月の初旬に、白山市の山中の僻村塾《へきそんじゅく》というところに招かれて平家物語の話をしてきた。塾長の池澤夏樹さんに頼まれてはるばるとでかけたのである。

酷暑の盛りではあったけれど、標高七百メートルくらいはあるだろうという山中ゆえ、きっと涼しいだろうなあと期待して行ったところが、案に相違して、行けども行けども暑いままで、とうとうその僻村塾の開かれる望岳苑《ぼうがくえん》という宿のあたりも、やっぱり暑いことは東京とさしてかわりはない、いや、冷房がない分、よけいに暑いというか……、暑さがなにより苦手な私は、それだけで脂汗の流れる思いであった。

講義そのものは問題なく終わり、晩餐の時間になった。

僻村塾を支える地元の皆さんが、こもごも自慢の郷土料理を作って遠来の客をもてなす、そんな感じがして、いわゆる板前さんが作る料理屋のそれとはひと味もふた味も違った、ほんとうに心に響いて忘れがたい美味を楽しんだ。

なんだかばかに暑いなと思ったら、大きな囲炉裏には炭火が熾《おこ》り、その火を囲んで串に刺した若鮎がずらりと立ててあった。身の丈十二センチくらいだろうか、ほっそりとたおやかな若鮎は、炭火の遠赤外線によって、ずいぶん長い時間じっくりと炙《あぶ》られているようであった。

ただされ暑くてたまらない酷暑の夕方、せめてできるだけ火から離れて、食事の支度ができるまでの暫く、囲炉裏を囲んで、この山里の歴史や生活のことなどを聞いてすごした。

やがて食事の時間になった。

食卓に所狭しと珍味佳肴が並ぶ。

大きな平鉢には山菜の五目寿司……なにか独特の呼び方があるのかもしれないが、食べるのに夢中で聞き漏らした。

煮物の大鉢には、ゼンマイといんげんと堅豆腐《かたどうふ》の煮しめ、これがまた抑制の利いた上品な味に煮上がっている。煮物というのは案外と難しいもので、こういうふうに中までおいしく煮含めるのには、相当の手間と時間がかかったことであろうと、一口一口噛みしめて味わう。とりわけ、このゼンマイの煮物は私のもっとも好物とするところ、一鉢全部いただきたいと思ったことである。

小鉢が数々並んでいて、麩の胡麻和え、山芋の寄せ物とオクラに冷し餡掛け、いんげんの白和え、いずれもいずれも味わいは独特で、口が食べ飽きない。

この地方の特産金時草《きんじそう》は、酢の物になって美しい紫を見せている。この野菜は北陸には広く賞味されているのだが、不思議に東京では見かけたことがない。色の美しい、歯ごたえのよい、食べやすい野菜だから、ぜひ東京でも広く手に入るようになるといいのだが……。

それから、錦糸瓜《きんしうり》の浸しもの。錦糸瓜はイトウリともソウメンカボチャとも呼ばれて、夏から秋にかけての野菜、黄色いそうめんのような繊維質がシャキシャキとして楽しい。

揚げ物にも地元の山菜が並び、コシアブラなど定番のそれは、サクサクホロホロ、なんとも言えない佳味である。この味のあるようなないような、しかし歯ごたえの爽快なところが命である。それにしても、なにかこうありがたい生命力をいただいているという実感がある。

一番驚いたのは、てっきり里芋の胡麻味噌掛け……かと思って一箸食べたら、これが生のままの無花果《いちじく》だったことだ。なるほどこんな食べ方があるものかと、私は思わず膝を打った。

やがて、さっきまで火の回りに立てられていた若鮎が来た。

さっそく頭からがぶりと行く。

はらわたも中骨もヒレもなにもかもいっしょに、さながら鬼一口《おにひとくち》の風情で、齧《かじ》りつくと、ああ、ああ、まるで頭の骨も中骨も在って無きがごとく、そのふわりとしたやわらかさのうちに、はらわたのかすかな苦味と香り、皮も中骨もみんな味が深い、鮎というものは、こういう風情でなくてはならぬという好個のお手本というべき鮎であった。一本、二本、三本、ついつい五本もいただいたろうか。私はいままでこれほどうまい鮎を食べたことがなかったなあと、山里ならではの美味をじっくりと、しかしガツガツと味わった。

これらはみな、地元の奥さんたちの手料理で、こういう高雅な料理が「家庭の文化」として伝承されているところに、日本料理のほんとうの底ぢからがあるよなあと、なんだか快哉《かいさい》を叫びたくなった。

糠味噌の養生

このごろは、糠《ぬか》漬けなども自分の家では作らない人が多くなったようだけれど、いやいや、糠は自分のところで養ってやるのがよいと私は思う。

現在私の養っている糠床は、そうさなあ、ぼつぼつ三十年になるだろうか、目下ほんとうに調子がよく、味香りともに申し分のない状態を維持している。

この糠床は亡母が昔から養っていたものを少し分けてもらって、それを種として育てたものだから、微生物のＤＮＡ的継承からすれば、少なくとも七、八十年は経っていようかという年代物である。

親から子へ、姑から嫁へというように魂を分けて伝承し、それがまた再生していく、かかる現象を観察して、日本では「魂」は分割可能で、そこからまた育てていくことができるというような霊魂観が派生してきたのかもしれぬ。

そうして、もともと私どもが一家を建てたときに、その糠は母の台所から分割して持ってきたもので、夏休みに信州の別荘に避暑するときなどは、いつも車に糠の瓶《かめ》を積んで持って行き、信州でもまた糠漬けを作り続けたものであった。

ところが、これが断絶するときがきた。私どもがイギリスに行くことになったからである。

家族全員でケンブリッジへ行くことになったとき、さすがに糠床までは持参できなかったので、泣く泣くこれを廃棄することになった。せっかく何十年も養育してきた糠床を捨てるのには罪悪感があって、なんだか身を切られるようであったが、しかたない。

やがて、そのケンブリッジ生活から帰って来たときに、現在の糠床を再興し、種として母の糠床をまた少し分けてもらったということである。

家を建て直す前には、台所は一階で、いわゆる床下収納があったので、糠はもっぱら床下で養っていたが、現在の家に建て直したときに、台所は二階に設けた結果、床下収納を作ることができなくなった。その上、二階の台所は夏など気温が高すぎて糠が腐ってしまう可能性もあり、また室内に置いておくと臭いがかなりあるので、このときから、私どもは、糠を大きな長方形のタッパーに移し、つねに冷蔵庫内にこれを置いて、一定の冷温下で管理することにした。糠の微生物にとっては、あまり活性が得られない気温であるのは気の毒だけれど、しかし雑菌が繁殖する畏れは少ないのがよかったかもしれない。

以来糠床は元気に育って、春夏秋冬関係なく、一定の日数で常に安定した味を出せるようになった。

ただし、野菜からはけっこう水が出るので、ときどき水を捨てて糠を足してやらなくてはならぬ。そのときには、すこーし味が淡くなって、塩の味が勝ってくる。こうなると糠漬けの味が落ちるので、その対策として、私はヤクルトを二本くらい入れてやることにした。もちろん生ビールも良いし、キャベツなどの甘みの強い野菜を漬けてやるのもよい。

しかし最近試したところで、もっとも良い結果を得たのは、柿であった。ちょうど干した大根を漬けて自家製たくあんを作るときであったので、おりしも庭で生《な》った甘柿の皮を、もともと無農薬なので、剥いて少し小さくカットしてからそのまま糠に投じておいた。すると、やがて玄妙至極の甘みと、おそらく皮の表面に付着していた酵母の旨味であろうという味わいとが加わって、じつにおいしいたくあんができた。今では柿の皮自体は、糠に溶けてしまった。

庭に果実の木を植えて、それと家のなかの糠床が一つの連環した生態系を形成する。そしておいしい糠漬けは、生で食べるよりもヴィタミン豊富に育って、味も深くなる。こんな智慧を授けてくれたご先祖がたに、私共はよほど感謝しなくてはなるまい。

Jiji's Cafe

アメリカから小金井の自宅に戻ってきた娘夫婦には、三人の男の子がいる。娘婿は牧師でアメリカ人なのだが、南部ヴァージニア育ちの好青年で、そのせいか息子たちも、たいそう人柄がよい。

しかし、なにしろアメリカで生まれ育ってきた関係で、食事などはすこぶるアメリカ式、すなわち肉食を主としてあまり野菜などは食べたがらぬ。ただし、二歳の三男だけは魚も野菜も、納豆なんぞもどしどし食べる。きっと食いしん坊の魂が私から遺伝しているのであろう。かれらは毎日、私の家に押しかけてきては、そこらじゅうを玩具で散らかしながら、楽しく遊んでいく。私どもは、「しょうがないなあ」と言いながら、この愛すべき孫たちによってずいぶんと楽しい思いをさせてもらうのである。

ある日、孫どもの隊長たる六歳の長男が言った。

「ジジズ・カフェって、どう書くの」

その綴りを紙に書いてやると、彼はそれに綺麗に色を塗って、私どもの家の食堂のドアに貼り付けた。そうしておいてから、彼は一人でまた別の紙に「ＯＰＥＮ」と書いて、その下に貼った。

つまり、私が在宅しているときは「ジジズ・カフェ、オープン」なのであって、食べたいものをリクエストすると、シェフたる私が、その希望に応えるべく料理を作るというわけなのであった。

この長男は特に野菜を食べない。

そこで、ジジズ・カフェで食べるときくらいは、どうしても野菜を食べさせてやらねばなるまい、と心に決めて、手間暇はかかるけれど、野菜を食べるようにシェフは工夫を巡らすのである。

たとえば、彼はすき焼き風の牛肉などは大好物である。だからそのとおりに煮てやるのだが、同時に、ほうれん草を茹でてからミキサーでペースト状にし、これをポタージュに混ぜて、すこーし甘めの味に調える。

「はい、すき焼きビーフ……しかしね、これを食べる前に、まずは、Just one bite、このポタージュをね。Just one bite!」

と、問答無用にこれを食べさせる。食べてみれば決してまずくはないのだから、彼も仕方なく一口ポタージュを飲んではすき焼きビーフとご飯を食べる、とそんなふうにしてみたり……。

また、あるときは薩摩黒豚のロース肉の薄切りを竜田揚げにして食べさせた。ついては、まず人参と玉葱をみじん切りにして、オリーブ油少々でソテーし、きつね色になったら、牛乳とともにミキサーにかけてペースト状にしてしまう。これを醤油や味醂などの調味料と和して、そのなかに豚肉をマリネしておくのだ。

醤油は減塩醤油を使うので、色ほどには味は濃くない。そうして、暫く置いてから、小麦粉を加えて、肉も野菜ペーストも一緒に、そろりと揚げてしまう。

揚がってしまうと、もう玉ねぎも人参も識別できぬ寸法で、三人の孫息子どもは、おいしいおいしいと、この竜田揚げを平らげていくのであった。

また牛豚合挽きの肉を、醤油、砂糖、味醂でからりと煎りつけた肉そぼろを作っておいたら、四歳の次男坊がことのほか気に入ったと見えて、ご飯にのせて山のように食べた。

その翌日の夜、彼は一人でトコトコとジジズ・カフェに現れた。

「あの昨日のおいしいお肉、ちょうだい。お腹が空いたから」

もう夜だから、明日作ってあげるよと言っても頑として聞かない。どうしてもお腹が空いてしまったので、あのおいしいお肉を作って、と言うのであった。

しかし冷蔵庫にはひき肉はない。仕方なく私は、また黒豚のロースを冷凍してあったのを、昨日と同じ味付けの煮汁で煮てから、これを包丁で細かに叩いてそぼろのように作ってやった。

私に顔立ちもよく似ているこの次男坊は、熱いご飯の上に即席の肉そぼろをこんもりと乗せて、フーフーしながら、とうとう茶碗一杯平らげてしまった。そうして、満足したのか、にっこりすると、

「じゃ、バイバイ」

と言って、帰っていった。

こういうとき、たしかに一仕事ではあるけれど、私自身はちっとも面倒だとは思わぬ。それ

WE GOT YOUR
BREAD
BANDITS

どころか、彼等の満足した笑顔にすっかり心癒されてしまうのだから、いやはや、甘いジジさまだと思われてもしかたがあるまい。げに、ありがたいことである。

秘伝、なんぞ焼き

どうも粉物《こなもの》は、なかなか難しい。

詳しい故事来歴は、よくも承知していないのではあるが、なんとなく思うに、お好み焼きは関西人の、もんじゃ焼きは東京人の食い物という感じがする。

生粋の東京人としては、広島風であろうと大阪風であろうと、どうもあのお好み焼きというものは、それほど食べたいとは思わぬ。といって、正直に告白すれば、私はもんじゃ焼きというものがあること自体を、四十歳近くなるまで知らずにいたのだから、あまり自慢にはならぬ。

しかしながら、大学の教え子に教えられて月島のもんじゃに初見参して、なるほどこれはなかなか「下世話《げせわ》なる雅致《がち》」に富むなあと感じ入り、あまり粉々《こなこな》しないところが食べやすいと思った。

といって、店の外に延々と行列してまで喰いたいとも思わない。まあ、好い折があったら、食べようかという程度で、おいしいなあとは思うけれど、問題は、どうしてもこれが食事というふうには思えないことだ。所詮、虫養《むしやしな》い程度の軽食という位置づけで、あまり腹の足しにはならぬ。

けれども、粉の存在感たっぷりなるお好み焼きと来ると、なにやらまた重くて鬱陶しい感じがする。

そこで、私は散歩の道々、なにかこう新しい趣向はないものかと、とつおいつ考えた。そうして、鉄腕アトムのお茶の水博士のようにも、ひとつのアイデアを思いついた。

そうだ、トマトジュースだ！

その瞬間、私の頭のなかには、ほぼ自動筆記的に、この新発明の料理の作り方が浮かんできた。

まずボウルに玉子を一個割りほぐし、そこに、上質のトマトジュースを二〇〇cc、水を半カップくらい加えてまた撹拌し、あたかも血の池地獄のような趣になったところへ、テーブルスプーンに四杯くらいの薄力粉を入れて、またよく混ぜる。

これが生地の中核である。

さて、具のほうは、定番の豚肉、こいつは細く切って、軽くブラックソルト（硫黄の含まれた火山性岩塩）に黒胡椒で下味をつけておく。

また野菜はなんでもいいが、きょうはレタス（キャベツよりもレタスのほうがよろしい）、長ねぎ、もやし、シメジ、を使った。いやなに、なんでも有り合わせの野菜を山ほど、みな同じくらいに細切りにしておけばよろしいのである。

さて、ホットプレートを充分に熱したところへオリーブオイルを大さじに一杯くらい塗り広げ、そこに豚肉を置いてよく炒めると、じつに好い匂いが立ってくる。ブラックソルトと豚肉は、もっとも相性がよく、肉の味が三割くらい上がる。

そこへ、シメジ、長ねぎと入れて、これも肉と混ぜながら充分に炒めておこう。

レタスも同じように細く切っておくのだが、こいつは血の池地獄の生地のなかに混ぜてから、一気に炒めた肉野菜の上にかけ広げて、すべての具を渾然一体《こんぜんいったい》たらしめると、血の池地獄はますます阿鼻叫喚《あびきょうかん》の様相を呈してくる。

ここで、慌てず騒がず、いささか火を弱めてじっくりとなかまで火が通るように、気長に焼いていくのである。

おおかた火が通ったな、という感触を得たところで、へら二枚を両手に持って、全体を程よい大きさに切り分けて、よいしょっと裏表をひっくり返す。まあここが厨師《ちゅうし》の腕の見せ所であろうか。

しかし、これしきの粉生地《こなきじ》の量では、全体をお好み焼き風にがっちり固めることは出来ず、といってもんじゃのように液状化地盤程度で収まりもしない。ちょうどその中間の、なんとなく固まって、しかし全体は野菜焼き風のものがピンクの生地で辛うじてまとまっている……みたいな感じに焼けてくる。

ここで味付け。これは単刀直入に中濃ソースとマヨネーズくらいであっさりとしておこう。あまり味を付けすぎると、せっかくのトマトジュースの風味が殺されてしまうので、ある種禁欲的な運びが要求されるのである。

で、この味を付けたら、またよいしょっとひっくり返してこんどは裏にも多少「追いソース」を打ってやろう。

　これで出来上がり。食べてみると、うむ旨い！　トマト風味はイタリアっぽく、野菜風味が立っているところはもんじゃ風、でも粉生地を感じるところは軟派のお好み焼きというところ、「なんぞや、これは!?」という体のものができる。即ち曰く「なんぞ焼き」と、呵《か》呵《か》。

折々の味わい〈秋〉

秋はまた味わうべきものが多い。それにしたがってまた秋の食べ物の句も古来夥しいものがある。

熟れトマト冷えて座敷に早稲《わせ》の風

じつはこの句は、ウルサいことを言う人からは文句が出そうだ。トマトは夏の、そして早稲は秋の季語としてあるからだ。しかし、実景嘱目の句としてこれを詠んだ気持ちからすると、そんなことはどうでもいい。要は、晩夏初秋の交、信濃の里では、自家用に木になったまま真っ赤に完熟させたトマトができる。若い時分、いつも夏から初秋にかけては信州の山荘で過ごしたが、八月も半ば、お盆を過ぎる頃になると、その血のように真っ赤に熟したトマトを近所の農家のおじさんが持って来てくれた。でき過ぎて自家では食べきれないから、というのだった。それは驚くほどに甘くて、あのちょっと青臭いトマトのクセなどは皆無であった。そうして初秋の座敷に寝転んでいると、早稲の田の面《も》を渡ってくる風がいかにも涼しく、しかも稲の香りが添《そ》わっていた。卓上にはガラス器に冷たく持った完熟のトマト、そういう景色を詠んだのだから、これは初秋の句なのである。しばしば歳時記の季節指定は現実とはずれることがある。

魚喰ひし口に西瓜や閼伽《あか》の水

魚を貪ると、口がどうしても生臭い。そういうとき、食後に出される西瓜をサクリサクリと喰う消息は、まるでその生臭いものを浄化してくれるかのようだ。そこを閼伽の水と見立てたまでで、とくに深い含意などはない。夏目成美に、

魚食うて口腥《なまぐさ》し昼の雪

という句があるが、拙句はむろんこの句を意識して作った。成美の句は、一種デカダンスの気が漂っているが、私は、敢えてそこに西瓜の清浄な風情を添えて口直しをしたのである。

この鰯何として喰はう夕明かり

古来、「鰯」という魚は、さんまなどと一般で、季語には数えられていなかった。ちょっとそのあたりは意外かもしれないが、要するに、こういう光り物の魚、とくに鰯などは「鰯の生

き腐れ」というくらいで、いかにも足が速い。それゆえ冷蔵技術のなかった昔には、鰯を鮮魚で喰うことができたのは漁村の人ばかりで、町場では目ざしとか丸干しなどの堅い塩干魚ばかりであったから、季節感などはもとよりなかったということだろうと推量される。

ところが現代の歳時記では鰯もさんまも秋の季語としてある。時代とともに季語もどんどん変化していくのである。

まるまると太った鰯をみると、ついそれを買ってしまう。そうして、こいつを三枚におろして生姜味をきかせた竜田揚げにでもしようか、それとも手開きにしてフライも乙だな、いやいや、いっそ酢で〆て刺し身でやるか、梅肉と一緒にことことと広島煮と洒落るか、まてよ、丸まんまじゅうじゅう言わせて塩焼きにするのが一番うまいかもしれぬ……等々、心は千々に乱れて、その脂の乗った鰯を前に舌なめずりをすることになる。そういう消息を句に詠んだ。

新蕎麦と字も頑なに貼り出して

秋のめでたい「季節の味」に、新蕎麦は欠かせない。すこーし薄緑の色味が残っていて、いかにも新鮮な蕎麦の香りが横溢する、あれはなんともいえないものだ。蕎麦狂の私には、秋になって新蕎麦を喰わぬことなど考えられぬ。

ところがこのごろ、サラリーマンだった人が蕎麦打ち道楽が病膏肓《やまいこうこう》になったあげく、とうとう脱サラして蕎麦屋を開業した、というのがとても多い。そういう店では、店主はきまってもう良い年のオヤジで、またとかく頑固で、ただただ信念を通すために蕎麦屋になったというようなことが多い。それゆえ、店構えなども、どこか民芸風とでも言おうか、あるいは妙にポストモダン的佇まいであったり、いわゆる「ひとくせ」ある凝ったしつらいが特色となっている。

そういう店では、この季節、いかにも圭角《けいかく》のあるような筆癖《ひっぺき》も麗々しく、墨痕淋漓《ぼっこんりんり》たる筆勢を以て、

「新蕎麦打ち始めました」

などと書いて店頭に貼り出してあったりするのである。だからといって必ずしも旨いとは限らないのが、まあこの手の蕎麦屋の難しいところだ。蕎麦は、麺がよし、つゆがよし、そして最後に出てくる蕎麦湯がよし、そのタイミングがよし、とすべて揃わないと本当に旨いとは言えないのだから。

庭の恵み

毎年、秋になると、私の家のせせこましい庭にも、そこばくの実りがもたらされる。以前は大きな梅の木が二本、渋柿と甘柿と、これも立派な木が二本あった。渋柿では、試しに干し柿を作ってみたこともあるけれど、東京は気温が高すぎてカビが出てしまうので、これは失敗であった。

甘柿のほうは、大きなおいしい実をつけるので、毎年手の届く限りは取って舌鼓を打ったが、これでなかなか柿というものは取り頃が難しく、少し若いと渋く、それではと思って熟すの待っていると、たいていい熟した分から順に尾長やヒヨドリなどに食べられてしまって、私どもの口には入らぬことも多かった。

家を建て直したときに、渋柿は切ってしまって、甘柿の一本だけが残った。けなげなこの甘柿は、さして肥料もやらぬのに、半ば日陰の狭苦しい庭の片隅で、それでもがんばって毎年実をつける。が、だんだんと木が高くなってしまって、取ろうとしても手が届かなくなったので、ここ数年はもっぱら鳥たちにその美味を譲って諦めていたのであった。

しかるに、どうしたわけであろうか、今年は、例年になく大生《おおな》りをして、それこそ枝もたわわに実った。

この辺りの農家などでも、よほど生り年であったのだろうか、実が赤く熟しても鳥に喰われることもなく、たっぷりと枝に残っていた。

ちょうど年若い植木職人が入ったので、剪定のついでに、彼に頼んですべての実を取ってもらったら、なんとなんと、三百個ほども生るという、恐ろしいほどの豊作であった。が、さてこんなにあってもとても食べきれぬ。知人たちにもたくさん分けたものの、まだダンボールに二箱もぎっしりと残っている。このままでは、やがて熟柿となって腐ってしまうにちがいない。といって、毎日そうそう柿ばかりも食われない。

妻がこの柿の山を眺めつつ、

「柿ジャムなんかできないかしら」

と言うので、私は、さっそくこれをコンポートに作り、瓶詰めにして保存するということを試みた。

ジャムにしろ、コンポートにしろ、柿という果実はほどんど酸が含まれていないし、特段に爽やかな香りもない。だからこれをただ砂糖で煮ても、甘いばかりで、あまりおいしいとも思えない。

さてそこで、と私は考えた。

折しも、伊那のほうから低農薬の完熟紅玉りんごを送ってくれた人があったので、これを交えることにした。柿の甘みにりんごの酸味と香りを添えたらどうであろう、とそう思いついたのだ。

しかし、りんごが入っているということが見えてしまっては面白からぬ。見たところはどうみても柿だけれど、なぜか爽やかな酸味と香りがあるなあ、というサプライズ的な趣向があらまほしい。

まずは、この核《たね》が五つほどもある甘柿の実を、一つひとつ皮を剥き、核を取り、厚さ五ミリくらいに切った。寸胴にこの柿の切片をたくさん入れて、紅玉りんごはフードプロセッサで、皮ごと粉砕してから、柿三十個に対してりんご二個分の割合で加えた。さらに、レモン汁を二個分くらい、たっぷりと加え、砂糖は……もともと柿は甘い果物なので、ちょっと控え目にテーブルスプーン七杯ほどにしておいた。また赤ワインをジャブッと回しかけて、塩をひとつまみ、黒胡椒をカリカリッと挽いて隠し味にした。こうすると味がシャープになって、甘みも酸味も引き立つのである。それから煮ること約十五分くらいだろうか、あまり煮すぎて崩れてはつまらないので、全体に完全に火が通ってしんなりしたくらいのところで止め、あとはその煮え立っているまま耐熱ガラス瓶に手早く詰めてきっちり蓋をする。

かくて、冷蔵すれば十分日持ちのする、とてもおいしい柿のコンポートが出来た。これはトーストにのせてもおいしいし、デザートとして食べるときは、ちょっとサワークリームやヨーグルトなどを添えるとまた一段である。

こんな具合に、実はもう三度も煮た。

庭の柿の木は、なんの褒美もやらないのに、無料でこんなに豊かな実りを恵んでくれた。ありがたいことである。ひとつ今年は、お礼に肥料でもあげなくてはなるまい。

なまめかしい食欲

日野草城《そうじょう》は、私のもっとも愛する俳人である。どこがどう良いかといえば、すなわち「なまめかしい」ところが良い。

由来、「なまめかし」は、官能的な様子を表す形容詞ではなかった。平安朝まで遡ると「飾り気のない素地としての美しさ」を言う言葉で、なにも飾らずとも、おのずからにおい立つような美しさ、それが「なまめかし」であったが、そこから転じて、今の官能美へと意味が移っていくのである。その本義として、また転義としてのなまめかしさ、草城は両義に亘る才筆を見せる。

秋の夜や紅茶をくゞる銀の匙

これなど、右に申す意味での、本義に適ったなまめかしさではあるまいか。しんと静まりかえり、また冷えていく秋の夜長に、一碗の紅茶を拉《らっ》しきたって、そこに銀の匙を潜《くぐ》らせてみせる。この茶碗はおそらく舶来のボーンチャイナか、白く華奢な肌に赤く透き通った紅茶、そしてそこにそっと潜らせた銀の匙。まさに清雅《なまめかし》というべき境地がここにある。

既にしてパンの焼けたる夜長かな

パンというものは、焼くのに随分と時間がかかる。発酵させては練り、また発酵させては寝かせ、とそんなことの果てに、やっとオーブンに入れて焼くと、その鼻腔《びこう》を穿《うが》つ芳香は、得《え》も言われぬものがある。この句は、「お、もうパンが焼けたのか」と軽く驚く趣だが、その嬉しい驚きは、パンの焼けた芳香によって齎《もたら》されている。なんでもないような句だけれど、この句はまたなんと私どもの官能に訴えることであろうか。夜長のゆるやかな時間の流れが、そのパンの香りとよく響きあっている。

そのかみの恋女房や新豆腐

草城は、句にリアリズムという桎梏《しっこく》をかけない人であった。自由自在、嘘も方便、想像と創造を駆使して、ふとした女人のエロス（その多くは男ごころを唆《そそ》られているような）を句に描いた人であった。この句などは、その一例で、実際にこの恋女房が俳人自身の妻である必要はない。むしろ蕪村などの句境に近かろうか。いまや今年できたばかりの新大豆で初々しい豆腐が手に入った。なんだか、やわやわとして、つやつやとして、瑞々しくて、恥じらいに満ちた感じ、それがただちに女の、それも若き新婚時代の恋女房の柔肌に重なってくる。いかにもオイシそうな句ではないか。

栗飯やほのぼのとして塩加減

栗飯！……秋の美味の大関くらいには据《す》えられなくてはなるまい。栗飯は、私も大好物の一つだけれど、いや栗飯が嫌いなどという人はほとんどいないのではあるまいか。よろず季節感の薄弱になった今日《こんにち》でも、栗は、すぐれて季節的である。秋のひとつ頃《ころ》にだけ、あの新栗《しんぐり》のつやつやした、そしてほこほこした味わいが楽しめるのである。その栗飯のほのぼのとした風情は、ひとつに、白いご飯と、うす黄色い、それこそほのぼのとした色彩の対照に求められる。ああ、栗飯だ！　と目が悦び心が喜ぶ。そうやって、まずはほのぼのとした色や佇まいを見せておきながら、同時にその「ほのぼのと」は下の塩加減にもかかっていく。栗ご飯に込められた幽《かす》かな塩味。色、香り、そして塩味と、みごとに決まっている。よだれでも垂らしそうな句である。なまめかしいこと、このうえない。

きのこ飯ほこほことして盛られたる

むかしは、松茸などもしばしばご飯に炊いたものだが、今は値千金《あたいせんきん》となって、それはなかなか見果てぬ夢となった。しかし、このきのこ飯は、松茸ではなくて、しめじ、椎茸、初茸、平茸、そういうような本来野に獲《え》たる秋の茸《きのこ》くさぐさのご飯であろうと思われる。それがいま炊きあがって、ほこほこと飯碗《めしわん》に盛られた景色、それこそは往時の秋のもっとも嬉しい風景であった。巧まず直叙した一句だが、これもなまめかしい。

肉鍋や松茸白く介在す

まだ母が健在で、私どもも子どもだった時分には、松茸の出盛りにはよくすき焼きに入れて、たくさん煮て食べたものであった。肉鍋は、猪鍋《ししなべ》かもしれないし、桜鍋《さくらなべ》かもしれない。しかし、おそらくは牛鍋《ぎゅうなべ》で、そこに松茸をそっと置いたときの、目を射る白さが詠《なが》められているものと、私には見える。介在す、などというのはなかなか新しい表現だが、そういうごつごつした言葉を敢て使って、軟らかく煮えつつある肉のはざまの真四角で真っ白な松茸の存在感を描きとっているのである。ああ、うまそうだなあ。

蕎麦一瞬の快楽

実のところ、東京生まれ東京育ちの私は、甚だ蕎麦を好む。それも、以前は、きつねでもたぬきでも、あるいはカレー蕎麦でもなんでもよかったのだが、この十年くらいは、一年三百六十五日、ひたすらもり蕎麦を愛好するようになった。

思うに最近は、これも一種のご時世がらだろうか、ずいぶんうまい蕎麦を出すところが増えた。

私の贔屓は、都内では中野のさらしな總本店、阿佐谷の本村庵《ほんむらあん》、浜田山の光林など、あちこちにあるが、すこし足を伸ばしてみると、奥多摩古里の丹三郎とか、志木の夢笑《ゆめしょう》とか、ちょっと遠方にある店も多い。近いところでは、なんといっても府中の心蕎人《しんきょうじん》さくらを以て、我が最愛の蕎麦としている。

それでも、蕎麦を食べようかというときには、わざわざ車を飛ばしてそこまで食べにいくのだから、物好きも極まったものというべきかもしれぬ。

私の蕎麦の食べ方は、とくに風変わりなこともないけれど、ツユにほんのすこーしだけ切り葱を投じ（まあせいぜい二、三片程度、それ以上入れると、蕎麦が葱臭くなっていけない）、ワサビ卸しをしっくりと和して（なかにはツユに入れないでわざわざ蕎麦のほうになすりつけて食べるという通人ぶりもあるけれど、私にはそれはいかにも泥《なず》んだやり方だと感じられる）、そこにつまんだ蕎麦の下半分くらいをつっと浸して、あとは一気にずずずっと、啜《すす》り込む。まあ、あの落語家の仕方話の行き方と同じようなものである。

それで一枚のもり蕎麦を食うのに要する時間はせいぜい三分くらいのものだろうか。それ以上時間をかけて、もたもた食っていては蕎麦が温まって伸びてしまう。一秒を争って、さささっと啜る、ここに蕎麦の微妙な旨さが宿っている。

このごろは、ざる蕎麦の海苔なども余計な感じがしてきて純粋無垢のもり蕎麦を喜ぶようになった。海苔でも余計だと思うくらいだから、まして天ざるなんて行き方はどうも容認しがたい。ああいうのは、どう考えても理論的に間違っているような気がする。

いや、天麩羅蕎麦は良い。あれは確かにおいしいものだ。しかしながら、天ざるはいけない。どうしてかというと、ざる・もりというものは、その冷々たる風合いを味わうものだ。もしそれらがどんよりとぬるかったら、もうそれは失格である。夏冬ともにひやりと冷たく、それゆえにしっかりとコシがあって香り高いと、蕎麦というものは、こういかなくては話にならぬ。しかるに、天ざる、とくると店によってはその蕎麦ツユに熱い天麩羅を浸して食べさせるところがある。そうなると、せっかく冷たい（はずの）蕎麦ツユが天麩羅によって温められてしまって、中途半端にぬるく油っぽいものになる結果、どうしても蕎麦の風味を損なうことが避けられない。

本来温かくあるべき天ツユと冷たくあるべき蕎麦ツユを兼用するというところに思想的誤《ご》

謬《びゅう》があるのである。もし天麩羅と蕎麦を一緒に食べたいなら、熱い汁蕎麦の天麩羅蕎麦が有るべき姿にちがいない、そうではあるまいか。

蕎麦は、あくまでもするするっと滑らかな、なおかつ冷水でしこっと締めてある、とそういうのを愛好する。

そうして、よく湯がかれ氷水で締められた蕎麦を口に入れると、その麺と麺の間になにかこう冷たい蕎麦湯のようなジューシーな感じが幽かに残っている。この微妙な風合いが望ましい蕎麦の姿なのだ。そんな蕎麦は、嚥《の》み込んだときに鼻のほうへすっと蕎麦の香りが抜けてくる。嗚呼、うまいっ、とこの一瞬の呼吸が楽しいのである。

食べ終わったら、煮え立ってどろっと重い蕎麦湯をこのツユに投じて、蕎麦と出汁と返しの風味を三位一体に感じつつ、冷えた胃を暖める、これがまた蕎麦の楽しみの総仕上げなので、最後の一手繰《たぐ》りの蕎麦が口に入るか入らないかのあわいに、ちょうどうまいタイミングでほんとうに熱く豊かな蕎麦湯を持ってきてくれたりすると、私はもうそれだけで無性に幸福を感じるのだ。

これが蕎麦を出すと同時に蕎麦湯を持ってきてしまったりすると、さてその蕎麦湯を味わおうという段になって、それが冷めてしまっているということになって、まことに画竜点睛を欠くと言わねばならぬし、といって蕎麦を食い終わってから残りのツユを蕎麦猪口に眺めつつ、ただ漠然と待っているのも悲しい。やっぱりここは、こっちが頼まずとも客の口元を観察していて、ここぞというところで、あっつあつの蕎麦湯を出してくれる、とそういう気合いでなくてはなるまい。

が、それらをそのようにしてくれるについては、蕎麦屋さんのほうは随分と大変なのであろうなあ。

店屋物という言葉

なべてすみやかに転変してゆくなかでも、言葉というものは、とくに時代とともに移り変わっていくものである。

最近、そろそろ死語になりつつある言葉に「店屋物《てんやもの》」がある。私どもが少年時代には、この言葉はまだ堂々たる現役であった。すなわち「外食産業」の食物というほどの意味だが、これが案外と古い歴史をもっている。

『日本国語大辞典』で見ると、寛文五（一六六五）年刊の京都の地誌『京雀』に「西方寺の町この町は北南両行ともみなちゃにて焼豆腐炙餅酒肴いろいろ店屋《てんや》物あり」と出ている。もっとも、この例では、その実相は、焼き豆腐とか炙り餅とかで、たいてい酒肴としての食べ物であったらしい。そうして、それらを売っている店々は多く「茶屋」であって、ちょうど浅草の仲見世のような風景であったのかもしれぬ。

下って、昭和の時代には、

「今日はテンヤモノでも取ろうか」

というふうに使ったもので、たとえば、蕎麦とか天丼のようなもの、あるいはウナギやら中華そばなどを「出前」で取るときに、多くこの言葉を使った。

そうして、街の洋食屋にでかけてオムライスやカレーライスなどを食べるときには店屋物とは言わなかったものだ。

つまり、江戸時代の店屋物は、あくまでも家庭内の通常食に対して、外で売っているものを食べるということであり、出前で取るかどうかということは考慮されていなかったものであろう。

思い出してみると、「店屋物」と、私の両親などが言うときには、そのなかには、寿司は含まれていなかったような気がする。すなわち、寿司のときは、

「きょうはお寿司を取ろうか」

というように言ったものだ。

これはどういう機序かと追懐してみると、私の父などがいつも言っていたことだが、寿司というものは「ハレ」の食べ物であった。だから、清貧なる軍人の家庭であった父の実家では、しかるべき客が来たときに限って、寿司を取ったものだという。それゆえ、店屋物というような、やや貶《おとし》めた感じの言い方とは、少しく方向が違っていたかと想像されるのである。

寿司は、もともとは祭りのお供えというようなハレの食事として、節句などに作られたのが本来であったから、そういう意識が残っていたのでもあろう。もっとも、江戸後期に始まった所謂《いわゆる》江戸前の握り寿司は、これはもう屋台のファーストフードで、下世話な食べ物であったに違いないのだが、それも次第に高級化してきて、昭和の時代ともなると、寿司はいっしゅ「おもてなし」の料理に格上げされていたのであったろう。

この店屋物という言い方が急速に風化してきたのは、ここ二、三十年ばかりの間に、ファミ

リーレストランや回転寿司のような外食産業が著しく進展してきたことと無関係ではあるまい。
もはや寿司なども、わざわざ高い金を払って寿司屋の出前を取らずとも、ちょいと近所の「回転」に出かけていけば、その何分の一かの費用で、おいしくヴァラエティに富んだ寿司が食べられるようになり、蕎麦もうどんも、茹でたて、揚げたてのようなのが気軽に外食で食べられるようになったから、わざわざ出前で取って伸びた蕎麦を食うには及ばないという時代になったのであろう。

現今の「出前」は……ああ、この出前という言葉もだんだんと存在が危うくなってきたかもしれぬ……むしろデリバリーという洒落た言い方に取って代わられつつあり、その内容はピザであったり、ファミレスのディナーであったり、あるいは出前専門の寿司屋であったりするけれど、いずれももはや昔日の店屋物という表現には合致しない雰囲気のものになってしまった。それでも、私はあの幸福だった少年時代、日曜の昼食などには、母がたいてい店屋物を取ろうと提案して、家族揃って蕎麦などを取って食べたことを思い出す。そうすると、それはまた店で食べるのとは一味違っていて、あくまでも家庭のなかで蕎麦屋の蕎麦や天丼を食べる、その形式に独特の楽しさがあったのである。

そうして、こういう習慣が失われ、すっかりファミレスや回転寿司に取って代わられてしまった今、あの店屋物を取ってワクワクしながら待っていたときの懐かしい家庭の空気も失われてしまったことが、じつはちょっと残念でもある。

NU2

〇〇ご飯という愉悦

秋はご飯の季節、とこう言い得るかもしれない。なにしろ、馥郁《ふくいく》と薫って、つやつやと美しい新米の季節なのだ。

この新米に和《わ》するに、もろもろの季節の彩りを以てする、よくぞ日本に生まれけりと、心中ににんまりしたくなるのが、また秋である。

栗ご飯などは、その代表株と申すべく、ほんのりと甘くて、色が素敵に黄色くて、口のなかでさっくりと栗がほどけて行く感じ共々、なんとも言えぬ。

しかしながら、面憎《つらにく》いのは、あの鬼皮《おにがわ》の剥きにくさで、現代ではいろいろと皮剥き道具が発明されていることは承知ながら、どんな道具を使っても、決して楽々と剥くことができないのは悔しい。

そこで久保田万太郎にこんな句あり。

神妙に栗をむくなり剥きにくき

しかし、その剥きにくい皮を一つひとつ剥くのは、昔の女衆《おんなしゅ》の手仕事で、おそらく母・娘・

孫とお喋りしながら、秋の夜長を栗剥きに過ごしたものかもしれぬ。

尾崎紅葉の句に、

吾妹《わがいも》は栗剥きながら怨《ゑん》じけり

というのがある。剥きにくいことを怨じているのか、それとも剥きながら男の薄情《うすなさけ》でも怨じているのか、さて……。

そこで私などは、手抜きをして、すでに剥かれた姿で袋詰めになって売っているのを買ってきて栗飯を作ることも多いが、そうするとなんとなく栗の風味が薄いような気がするのである。秋はまた、枝豆の季節でもある。豆ご飯というと、ふつう青豌豆《あおえんどう》で作るものだが、青々とした枝豆で作る枝豆ご飯も捨てがたい好風味がある。

できるだけ緑の新鮮な枝豆を買ってきて、これをよく洗ってから、鞘の両端を鋏《はさみ》でチョンチョンと切っておく。そのあとで、粗塩《あらじお》で鞘ごと揉みたててしばらく置き、それをまた海水ほどに塩辛い湯で茹でる。せいぜい茹で時間は五分くらいのもの、それ以上茹でては豆が柔らかくなりすぎるし色も悪くなる。

かくして青々と茹だった豆を、別の塩水に氷を入れた器に投入して、ざっと熱を去ってしまう。で、そうさなあ十分くらい置いてから、おもむろに豆を鞘から出して（ときどきつまみ食いなどしながら）その塩水のなかにポトンポトンと落としていく。なに、一つひとつ豆が被っている薄皮は別に剥がすに及ばない。

さて、炊きあがったご飯を、よく蒸らして、すこし粗熱が去ったくらいのところへ、この塩水のなかに休んでいる青い枝豆をざっと放り込み、ついでにその塩水も大さじ一、二杯くらいかけて、そして全体をざっくりと混ぜる。

このやり方は青豌豆でも同じようにするとよいので、飯はほくほく、豆はほろほろとした、絵に描いたようにきれいな豆ご飯ができる。色も味のうち、というのは、こういうご飯を食べるとよくわかる消息である。

もう一つ、私は、原木《げんぼく》仕立ての手強《てづよ》い椎茸が手に入ると、こいつを椎茸ご飯にする。松茸ご飯は、なかなか庶民の口には入らぬが、椎茸ご飯ならそんなことはないし、いやさ、立派な椎茸で作ると、松茸におさおさ劣らないおいしいご飯ができる。

これは簡単で、椎茸をば、まずざっと洗って、軸は残して石付きのところだけ去る。それから軸を中心として六つか四つくらいに割り、これを研いだお米の上にどかんと（びっくりするくらいの量を）のせ、米一合に濃口醤油大さじ一杯、清酒が少々、とこう加えて、あとは炊くだけ。炊いている最中から、壮絶に良い匂いがしてきて、グーッと腹が減るから不思議だ。炊きあがったらよく混ぜて熱々《あつあつ》を食べるのがこの椎茸ご飯の醍醐味《だいごみ》である。

おっと、書いているうちにあまりに空腹になったから、本席はこれまで。

白いご飯の味

ある朝のことであった。

ちょうど友人からイタリアの生ハムをたくさんに贈ってもらったのだが、夫婦ふたりではなかなか食べきれない。

私はもともと生ハムが大好きではあったが、といって、テクスチャーはしっかりと硬いし、味は濃いしで、いちどきにそれほど多く食べるものではない。薄くスライスした生ハムは、上戸の人であればビールの友として格好のものだろうけれど、あいにく私は純粋の下戸ゆえ、そういう芸当ができぬ。

そこで、たとえば、セロリとか人参などの生野菜にくるりと巻いて食べたり、もちろんメロンにのせてプロシュート・コン・メローネも悪くはないけれど、それとて少量楽しむのが本来で、そんなにたくさんは口が飽きる。味が濃いだけに飽きも早いのである。

というわけで、一旦その真空パックを開封して、朝食で生野菜といっしょに舌鼓を打ったあと、残った分はその日の夕食に食べることにした。

ふと思ったのは、この生ハムを、たとえばオリーブオイルでソテーしたらどんな味になるだろうかということである。

○九○

生ハムは生だから生ハムなので、焼いたらただのハムになってしまう……だろうとは思ったが、ままよ、私は上質のオリーブオイルを少量フライパンに垂らして、ごく短時間、さっとその生ハムをソテーしてみた。

すると、薄くスライスされたそれは、たちまち縮み上がって、見る影もなくくしゃくしゃになり、なおかつあの生ハムの香りが一瞬に消え失せて、ほんとにただのハムみたいな匂いがしてくる。

実際に食べてみると、じつは、生ハムは製造の過程で、長期に非加熱熟成させる関係であろう、ふつうのハムよりもずっと塩分が強い。それが、生で食べていると水分もあり、またあの独特の芳香もあり、薄いスライスのせいもありで、それほど塩辛くも感じず、旨味のほうが先にくるのだが、加熱してしまうと、こんどは旨味が後ろに下がって、塩味がぐっと前に出てくる。

一口二口食べてみると、あまりに塩辛いので、閉口して「これはしまったなあ……」と一瞬がっかりしたのだが、そこでまた次の考えが浮かんだ。

そうだ、こいつを白い温かいご飯で食べてみたらどうだろう。

さっそく越後のコシヒカリの特等のご飯に、これをそっとのせて食べてみた。

すると、まずご飯のあの豊かな「微味《びみ》」（こんな言葉はないけれど、まさにお米の味というものは、あるかなきか、微妙な無味にこそあるのだ）と交じり合って、さしもの塩辛さが、あっというまに遠くへ退き、代わりに、ファーっと肉の旨味が前に出てくる。

そうして、生ハムとして食べたときとはまったく違った、これまた一種独特のおいしさが立ち現れた。

つまりは、ご飯の力で塩分が希釈《きしゃく》中和されたことによって、塩辛さの後ろに押し拉《ひし》がれていたイノシン酸などの旨味成分と、焼いたために封じ込められていた肉の芳香が一挙に解き放たれ、舌上に踊るというふうな感じなのであった。

そういえば……と、私はまた思い出した。もう今は亡き母が、まだ若い頃、つまり私どもが子どもだった時分に、よく「ハムご飯」というのを食べさせてくれた。なに、別段と大したものではなくて、ふつうのハムを五ミリ角くらいに細かく刻んで、これを温かいご飯にのせ、その上に、生醤油をタラタラッと垂らしてから、これをよくかき混ぜて食べる、それだけの埒《らち》もないものであった。

しかし、実際にこれを食べてみると、ハムだけ食べるよりも、ずっとハムの味がよくわかって、これはこれで十分においしかったものであった。

それで私どもも子どもたちにときどきこれを食べさせたが、みな喜んで食べた記憶がある。いまそのハムご飯で育った娘が母親となって、日米ハーフの息子たちにまた林家流のハムご飯を食べさせている。すると三人息子が三人とも大好きで、パクパク食べてはニコニコしている。やはり日頃から肉主体の食事をしているアメリカ流の彼らにも、日本の白いご飯とハムのアンサンブルは格別においしく感じられるのであるらしい。

それは畢竟、「白いご飯」というものの懐深い味わいの力量で、つまりは和食という食体系の奥深さの一つの秘密がそこに隠されているのであった。

歌うための飲食

四十三歳で東京藝大の先生になって以来、私は声楽を正式に習って、これを生涯の好尚とするところとなった。今では、趣味の範囲はとっくに逸脱して、年に何度も有料の演奏会を開くようになり、まあ声が続く限り、歌を歌うことは頑張って続けていきたいと思っているのである。

さてところが、問題は、声楽家というのは体が楽器であるから、声が出ないような体調ではどうにもならぬ。それゆえ、なにはともあれ、風邪など引かず、本番のときに元気で、朗々と声が出るように、きちんと自己管理をしなくてはなるまい。

それにはまずは充分の睡眠と栄養が必要だが、あいにくなことに、私は生業が作家なので、こちらはとかく夜もろくに寝ないで仕事をするのが習い、作家業と声楽家は、生活面では二律背反の感じになっていることが否めない。

それゆえ、歌の本番に備えては、その十日前くらいから作家の仕事をセーブし、人ごみを避けて風邪などから身を守り、できるだけ睡眠を取り、充分に栄養を摂るように心がけている。

しかるに、声のために良い食べ物とはなんだろうか。

声楽家たちは、よく肉を食べる。もちろん肉は良いかもしれぬ。なにしろ声帯が一種の筋肉なので、その涵養《かんよう》のためには良質のたんぱく質は欠かせない栄養だからである。これは運動選手がたんぱく質を取るということと似ている。しかし、だからといって、あまり脂っこい霜降りの牛肉などというものは、いたずらに肥満するばかりで、特に声帯のためにはならぬ。やはり、牛肉なら赤身の肉を、適量食べるということが必要であろう。

また友人の声楽家たちは、しばしばニンニクを多食する傾向があるのだが、私の場合は、ニンニクを食べると胃が悪くなり、ジンマシンが出るということもあるので、これは用い難い。

そこで、とりわけて咽喉《のど》の薬になるような、いわば薬膳的な意味での食べ物を幾つか紹介しようか。

その第一は梨である。

『巻懐食鏡《かんかいしょくきょう》』（香月牛山《かつきぎゅうざん》著、正徳六年序刊）によると、「肺を潤し、心を涼しくし、痰を消す」とあるから、梨が咽喉の妙薬であることは昔から知られていたのである。事実、私は歌の舞台を務めるときはいつも梨を持参して、休憩時間などにこれを喫すると、咽喉が爽やかになって、疲れた声がまた復活するのはまことにありがたい。

秋の梨の季節は、よく冷やした梨を剥いてそのまま食べるのだが、最近は嚥下力《えんげりょく》の低下のゆえか、ちょっと咽喉に閊《つか》える感じもするので、梨のジュースを作って持参し、これを随時飲むことにしている。

また、蕪が良いとも言う。これも同じく『巻懐食鏡』に「食を消し、嗽《そう》を治《ち》し、渇《かつ》を止《や》む」とある。どうも声が枯れて胸がすっきりしないときなどには、この蕪をすり下ろしてその汁を飲むと良い。すなわち、梨のない季節などは、この蕪の汁を以て代用するのである。

また、私の家に伝わる民間療法では、風邪を引いて咳が出るときには、大根を千切りにして器に入れ、上から水飴をたっぷりかけておくと、自然に汁が滲みだして甘いシロップができる。これを少しずつ飲むと、胸がスーッとするといって、母などは、よくこれを作って、風邪を引いているときの私どもに飲ませたものであったが、母心のしからしむるところか、たしかに効くような気がしたものである。

次に黒豆。これは昔、父方の祖母が正月などに黒豆を食べるとき、いつも、

「これは胸の薬ですからね」

と、こう言って教えたものだった。これを『本朝食鑑《ほんちょうしょくかん》』（小野必大《おのひつだい》著、元禄八年序刊）に当ってみると、なるほど、「感冒咳嗽《かんぼうがいそう》」ならびに「腎虚失音《じんきょしつおん》」に薬効ありと出ているから、風邪を引いて咳が出る、あるいは体力虚弱のため声が出ない、そういうときに黒豆をお茶のようにして喫したり、または煮て食べると良いということである。

事実、黒豆を甘く煮たものを冷たく冷やして、煮汁もろともにいただくと、なにやら胸がスーッと気持ちよくなるように感じられる。

さらには、蓮根も咽喉に良いらしい。蓮根を乾燥させて粉末にしたものを香蓮粉《こうれんふん》と言うのだが、これは咳止めなどの漢方薬の一種だし、それを配合したノド飴なども市販されているから、医食同源的な意味では、それなりに意味のあることかもしれない。

まあ、こういうのは所詮民間療法であるから、どれだけ医学的にエビデンスがあるかは知ら

ないが、いずれにしても、実際自分が食べたり飲んだりしてみて、たしかに咽喉が気持ちが良いなあと感じるのである。イワシの頭も信心からとやら、そうやって良いと思うものを食べたり飲んだりすることで、自己暗示にかけて、落ち着いて本番ができるようにという心理的効果も、たしかにあるように思われる。

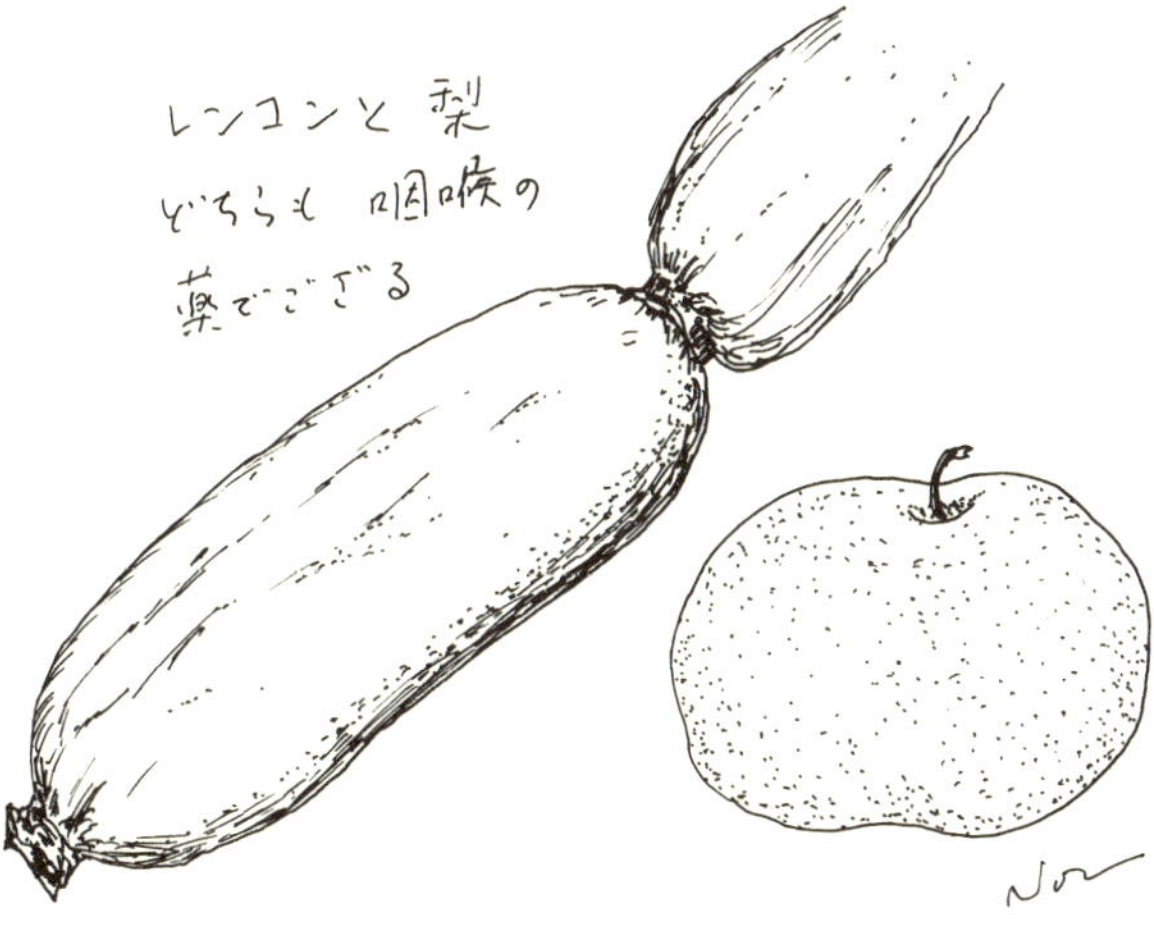
レンコンと梨
どちらも咽喉の
薬でござる
No

○九六

梨のピザ

「何はなくとも」という言い方がある。

あれこれ買い物をして材料をととのえ、万端用意してから、おもむろになにかを作るのではなくて、とくになんの用意もないけれど、まあ身の回りを見回してみて、そこにあるものを塩梅して、それなりのものを作ってみる、そういう行き方は、料理をする者にとっては、なかなか大切な事柄である。とかく、「男の料理」などと称して、日頃は買わぬような特別の食材を買い集め、鬼面人を驚かすような道具を買い調えて、それで鳴り物入りで料理する、そういうのが長らく男の料理だと言われてきたことの不愉快さよ。

私などは、毎日毎日、厨房に立って、あたりまえの惣菜を日々作り続けているのだから、そういう大げさな「男の料理」の一味だと思われては、心外も心外、ほとんど卒倒しそうになるほどの心外である。もっと、普通に、簡単に、有り合わせで結果を出す、それこそが料理というものの基本でなくてはならぬ。

この意味で、ここもとご紹介するようなフルーツのピザは、「何はなくとも」作ってみよう、というような次第のものである。

ほとんどなんの手間もかからない。そうして、作り始めてから出来上がるまで、だいたい十分程度、まことに簡単手軽、しかし、その割には、とてもおいしくてしっくりとくるのがめでたい。

もともと、こういうものが本場のイタリアにあるのかどうかは知らないが、いつぞや、安曇野のさるイタリアンレストランで、デザートピザと称して、名産信州リンゴのピザが供されているのを食べて、これがじつにおいしいので、私も真似して作るようになった……種を明かせば、そういう次第である。

フルーツは、四季折々出盛りのものの有り合わせ、およそなんでもよいのであるが、ここでは梨で。

「じゃ、作ろう！」

と宣言してから、冷蔵庫に常備してあるピザ生地（これはさすがに自作しないけれど、ありがたい御時世で、今はスーパーにはどこでもピザ台というものを売っていて、かなり日もちもするから、それを買って常備しておくのである）を取り出し、オーブンに二百五十度の予熱をかけて、それから、季節柄の梨をスライスしてピザを作る。また、レモンスライスなんてのも、なかなかオツであるし、夏みかんのような柑橘類で作ってもまたおいしい。その場合は、皮を剥いて袋からも出し、なかの果肉だけをころころと小さくちぎって、ピザ台の上に美しく並べればよろしい。

ピザ生地にはジャムでも蜂蜜でも、最初に薄く塗ってから、梨やリンゴだったら五ミリくらいの薄切りにして並べる。さらに、ちょっと砂糖かメープルシロップなどを上に軽く蒔いて、黒胡椒少々、ピザ用のチーズ（私は低脂肪のものを使っている）でしっくりと覆い、あとはオーブンで焼くだけである。

で、ほんとうになにもなくて、ピザ台も冷蔵庫に用意がなかった、そんなときは、有り合わせの食パンを薄く切って、軽くトーストし、これをばピザの台に見立てて、以下同じように作れば良い。

上に乗せる果物がなかったら、たとえば干しぶどうをちょっとワインにでも付けてふやかして、それではちみつを塗ったパンの上に撒いて、チーズをかぶせる、そんな行き方でもおいしいものができる。

要は工夫しだい、頭の使い方が大切である。また、なにごとも億劫がらず、手まめに作ろうという心がけもぜひあらまほしいものである。

■梨のピザの作り方

材料
ピザ用の生地（既製品）
梨（種類はなんでもいい）……½個
マーマレード……テーブルスプーン一杯

メープルシロップ……適宜
黒胡椒……適宜
ピザ用の融けるチーズ（低脂肪）……1〜2つかみ

作り方

　ピザ用の生地に、まずマーマレード（これは有り合わせのジャムでもなんでもよい）を薄く生地に塗る。その上に五ミリほどにスライスした梨をまんべんなく並べ、少量のメープルシロップか蜂蜜（なければ普通の砂糖でよい）を全体に軽くふりかけ（かけすぎぬように注意）、黒胡椒をカリカリと挽いてかけ、チーズで覆って、二百五十度に予熱しておいたオーブンで五分焼けば、出来上がり。

蜂蜜コーヒー

そもそもの始まりは、私が緑内障になってしまったことだった。緑内障は珍しい病気ではなく、適切な治療によって進行を遅らせることもできるようだから、いま直ちに心配するようなことでもない。

しかし、一度失われた視野は取り戻せないので、なんとかしてその進行を遅らせたいと、私は思ったのだった。

さるところ、旧知の漢方薬剤師のM君が、純粋天然蜂蜜を毎日食べると良いという説がある、と教えてくれた。ここに於て問題は、純粋混ぜ物なしの蜂蜜がうまく手に入るかどうかである。すると、まるでなにかの啓示のように、古い友人のO君から、蜂蜜を贈ってきた。O君は飯田在住で、なんでも、知人からニホンミツバチの群を譲り受けて自宅の庭でそれを飼っているのだという。

今ではニホンミツバチそのものが希少だが、しかも巣箱などを設けるのでなくて、木の洞《うろ》とか小さな祠とか、そういうところで完全に自然の状態で飼っているのだという。その全く自然のニホンミツバチの蜜に、なんの手も加えず、そっくり瓶に詰めて贈ってくれたのだった。まことにありがたいことである。

で、この純粋天然の蜂蜜を舐めてみると、市販のそれとはまるっきり風味が違う。なんといったらよかろうか、端的に申せば「虫臭い」のである。昆虫の匂いがフッと鼻に通《かよ》って来るのだ。

しかし、この蜜は買えば頗《すこぶ》る高直《こうじき》なもので、こんな貴重なものを贈ってくれたO君に、私は遠く手を合わせた。

しかるに、最近（番組名などは失念してしまったが）テレビのドキュメンタリー番組で、アメリカだったかどこかの野に一面に蕎麦を育てて、その白い花のみから作られた蜂蜜のことを放送していた。これを作っているのは、なにやら世捨て人のような風情のオジサンで、不揃いな巣箱を雑然と積み上げ、網も被らず蜂の巣をいじっていたが、「この蜂の性格はおとなしくて、刺されるなんてことはないさ」と微笑んでいる。

そうして、このオジサンの唯一の楽しみは、自分で採集した蜂蜜を、そのまま熱いコーヒーにたっぷりと入れて飲むことなんだ、と言い、その巣から直《じか》に蜂蜜を掬《すく》い取ると、無造作にマグのコーヒーに落として混ぜ、いかにもおいしそうに飲んで見せるのであった。

これを見ていて、私はハタと膝を打った。そうか、蜂蜜をコーヒーに……か！

かねて紅茶はよく飲んだが、紅茶に蜂蜜はあまりマッチしない。私が飲むのはもっぱらミルクティなのだが、紅茶の風味はまことに微妙で、蜂蜜を入れるとなんの加減か、色が変に黒くなり、蜂蜜の匂いが勝ってしまって、紅茶の風味が損なわれるように思うのである。

とはいえ、最近は頭痛の薬として、一日に一杯か二杯のコーヒーをドリップして飲むようになった。ただ、昔からどうもブラックコーヒーというのは苦手で、たっぷりのクリームと若干の砂糖、これは必ず入れて飲むのが私の流儀なのであった。しかし、この蜂蜜コーヒーを飲む養蜂家の様子を見ていると、コーヒーになら、蜂蜜も良くマッチするかもしれぬ、と思い当たった。

さっそく、くだんの純天然ニホンミツバチの蜂蜜だけを一匙掬って加えてみると、あら不思議、蜂蜜の虫臭さも消え、コーヒーの苦味もある程度緩和されて、ブラックは飲めなかった私にも、「お、これはいける」と感じられた。

以来私は、コーヒーにはその天然蜂蜜だけを加えて飲んでいるのだが、これでもし多少でも緑内障の進行を遅らせることができるなら、これほどありがたいことはあるまい。いや、緑内障になんの効果もなくたって、コーヒーのおいしい飲み方を一つ知っただけで、大いに得をした気分になった。

食い放題という悪趣味

山海の珍味という言い方がある。

すなわち、山のものとは野菜や山菜、さらには獣肉などがこれに含まれるだろうか。そうして海のものとは、言うまでもなく魚介類に海藻類などを指すのであろう。

ただ、こういう言い方のなかには、日本人独特の、伝統的食体系のありようが内在しているように思われる。

ほんとうの御馳走というものは、山のものに海のもの、ほどよく山海の佳肴がバランスして、豊富なヴァラエティを以て供せられる、とそんな内意が意図されているに違いない。そこへさらに、季節の食材という概念が、大きな意味を持っているのだから、いきおい、春夏秋冬、さまざまに変化する食卓の風景こそが、わが日本民族の美味の源泉であると言って過言でない。

これらをひと括《くく》りにして言えば、つまり、日本人はともかく多くの種類の食材を、多様な方法で調理し、それをしかも、少量ずつあれこれ玩味して、はじめて「満足」を感じるという機微を意味している。

こういうのは実は、東洋的な食味のコンセプトであって、西欧はまったく違う。かれらは、肉なら肉を、魚なら魚を、ドカンと大量に食べなくては「満足」というコードと結びつかぬ。

すなわち、日本食のように、チマチマとあれこれ少しずつ食べたのでは、どんなに多種類食べようとも、その総量が相当なグラム数になろうとも、やはり「オードブルばかり食べ続けた」という感覚になって、なんだか不満足のまま、腹だけが膨れたと感じるのであるらしい。

このすぐれて日本的な食味満足のありようは、またそこに「ご飯」という、味のあるようなないような、そして温かくて粘着的で、なんでも受け入れて疎外しないという素晴らしい「主食」あってこそ成り立っているのである。

そう考えてみると、西欧には、そもそも「主食」という概念そのものがないと言ってもあながち間違いではない。

こうした、四方を海に囲まれ、魚介も海藻も各種豊富に獲れ、沖積平野には、豊かな水と陽光の賜物たる稲がたわわに稔《みの》り、また山には野鳥あり獣あり山菜あり、野には葉菜あり根菜あり果菜あり、こういう天与の王土に得た食材を、四季折々に玩味してきた伝統を大切にしなくては、御先祖様にも申しわけが立たぬというものである。

ところが、最近、こういう食習慣が、大きく崩れてきたのはまことに遺憾とするところである。もちろん野菜などの季節感がなくなってしまったのも、その一因ではあるが、そういうことより、さらに根源的に、この少量多種を玩味して満足するという意識が狂ってきたことがひじょうに気になっているのである。

すなわち、テレビなどでしきりと喧伝《けんでん》している「食い放題」なんてのが、それである。

団体で観光バスに乗せられて、どこぞの港町の食堂あたりに繰り込むや、たとえば目玉がカニやイクラの食い放題、なんて趣向、よくありますね、あれです。

また都会では、一流ホテルまでが競ってビュッフェ式の食い放題なんてのを大宣伝している。

そうして、カニ脚やイクラばかりを大皿に山のように取ってきては、もうひたすら馬食して喜んでいる。あるいは、何樫ホテルのローストビーフを山盛りにしてガツガツと食べては「元を取った」などといって喜色満面になっている。スイーツの食い放題なんてのになれば、二十も三十もケーキなどを食って大得意だ。あれでよく嫌にならぬものだ。第一、体に悪かろう。

こういうのは、じつにさもしいと、私は苦々しい思いで見ている。

そんなにカニやらイクラなんぞばかり食べて、ほんとうにおいしいか？

ローストビーフを山盛りにして元を取ったなんてのは、根性が卑しくないか？

スイーツなんて、ちょっとだけ食べるからおいしいのではないのだろうか？

こんなことを喜んでいる心のうちを忖度してみれば、そこに、ほんとうの意味の美味を喜び、天地に感謝して満足しようという心よりも、ひたすらテレビなどに躍らされて味も栄養もあらばこその、まことに情けなく卑しい了見がちらちらする。

こういうところに、畢竟、人品骨柄の雅俗というものが露見するのである。

Noz

折々の味わい〈冬〉

春夏秋冬《しゅんかしゅうとう》、日本は四時《しいじ》の運行もめでたく、折々の美味に事欠かぬ国だが、なかでも冬は、万物が寒さに備えて体力を蓄えるせいか、動植物ともに味の濃厚な物が多い。

さるなかに、冬の野菜の代表株と申すべきは大根かもしれぬ。

真白《ましろ》に、まるまると太った大根の甘さ、そしていくぶんの辛さは、また余事《よじ》を以ては代えがたいものがある。

私はそういう良く太った大根が手に入ると、即座に天日に干し、二週間ほども乾し上げてから、じっくりとぬか漬けにして、自家製のたくあんを作る。

大根もたわしも蒼穹《そら》に干しておく

真っ白な大根を、たわしでゴシゴシと洗ってすっかり土気などを去り、それから干すのだが、いつも二階の軒先に、ひもで縛ってつり下げる。

東京の冬空はからりと晴れて真っ青に澄み、そこに白い大根が干されて風にゆれているのもまた美しい景物であるが、ついでにその横に、いましがた大根を洗ったたわしも並べて干しておく。そこに俳味《はいみ》がありそうに思った。

冬霞手にコロッケの熱きこと

寒くなると、やはり温かいものが恋しくなる。

私どもが少年の時代には、まだコンビニなどという便利なものは影も形もなく、したがって、ちょっと小腹も減ったし寒いし、というときに「買い食い」のできるものはごく限られていた。いや、そもそも私の家では買い食いは原則として禁じられていたので、あまりそういう記憶もないのだが、わずかな例外は、塾帰りなどに食べた、お肉屋さんのコロッケであった。

あれはどういうものか、昔からあの小判型に決まっていて、なかにはほどよく味のついたジャガイモとひき肉が入っている。それにシャリッとした衣がついてラードで揚げてある、その独特の味わいは、今も各地の肉屋さんにおいて健在であるが、ただ、その頃はたいてい経木《きょうぎ》に包んでくれたものであった。

「揚げたてのを頂戴」と言うと、なじみの肉屋のオカミサンなどが、あいよ、と言ってすぐに揚げてくれた。

その揚げたては、香ばしい香りがして、ほかほかと熱くて、フハフハ言いながらちびちび齧った、あの味わいはなんともいえない冬の美味であったなあ。

青々と葱《ねぎ》活《い》けて鍋の煮ゆる待つ

日本には「鍋」という料理がある。みんなで鍋を囲んでいっしょにつつきながら食べることによって、独特の親密な食事空間が生まれる。

それはおそらく、囲炉裏《いろり》の自在鉤《じざいかぎ》に鉄鍋を吊るして芋炊《いもた》きなどを分け合った往古の農村の習慣が、明治以降に洗練されて家庭料理の一品目となったものであろうかと想像される。

鍋料理に欠かせぬものは長葱である。とくに東京では白いところを賞味する習慣が根強いが、とはいえ、九条葱や下仁田葱などの、あのピンと青い葉の部分の味わいはまた格別である。たっぷりと青葱を鍋に活けて、それがしんなりと煮えてくるまで、箸を手にして待っている、とでもいうような食いしん坊の心を吐露したのである。

舌に融くる鮨あたたかき鮪かな

寿司というものは、歳時記を繙《ひもと》けば、実は夏の季語なのだが、それはいわゆる熟《な》れ鮨のような発酵食品を指してかく定めたものであろう。けれども、江戸前握り寿司ともなれば、冬がもっとも味わい豊かなときであるから、そういう歳時記の時代おくれの感覚には拘《こだわ》らぬがよい。むしろ「鮪」という冬の季題がここには生きている。鮪こそは、冬の青森沖あたりで獲れるものが美味を極めているので、そのしっかりと脂の乗った赤身の旨さは筆舌に尽くしがたい。私は筋っぽく脂くさいトロなどはあまり好まぬ。赤身の、適切に熟成の進んだ、わずかに灰色がかった深い赤身のそれは、赤身なのだがとろりとして、えも言われぬ。かかる赤身は、良い寿司屋に行かなくてはなかなか口にできぬが、それだけに、「これぞ」という赤身に見参《げんざん》したときの嬉しさは格別である。そういう寿司は、どういうものか、口に入れて、ぐっと胃の腑に収まるまで、どこかふうわりと温かい感じがするのである。回転する寿司のあの突っ張ったような、水っぽく冷たい赤身の索漠たる味とはまるで別物、このほのかな温かみこそ、握り寿司の味の精髄というべきものだ。ああ、食べたいなあ。

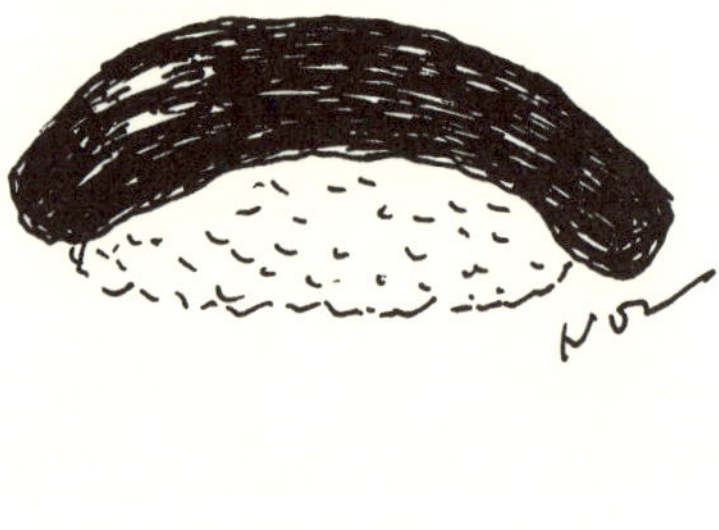

大根の底ぢから

信州はいろいろとおいしいものがある土地柄であるが、なかでも最近は、大根に注目するようになった。

信州とくに私の山荘のある信濃大町から白馬のあたりは、もとより雪深い寒い土地柄である。すなわち、雪に埋もれてしまう冬のあいだ、野菜不足に対応するため、大根などは乾燥させて保存し、適宜水で戻して使うということが盛んであったとおぼしい。

そのためであろうか、当地では干し大根がさかんに作られている。

干大根というとすぐに思い出されるのが切干大根であるが、東京では、千切りにしたものを干したのが普通で、それ以外の形は、普通のスーパーではあまり見かけない。

しかし、当地では、その様態もさまざまで、同じ切り干しでも二、三倍の太さに切られている「太切り干し」というのやら、一センチくらいの輪切りにして干したのやら、あるいは「割干し」とて縦に割って干した、あのハリハリ漬けにするようなのやら、いろいろある。

なかでも出色だと思うのは、いわゆる桂剥《かつらむ》きにした大根をからからに干し上げたのがあって、これがまたじつに美味である。

見たところは薄茶色く干からびていて、あまりゾッともしない佇まいなのだが、これをぬるま湯でゆっくりと戻し、よく揉み洗いしてから、三センチ幅くらいに切り、油揚げとともに煮る。最初にごま油で大根を炒め、そのあと油揚げも入れて、煮汁を投入するのだが、酒、味醂、醤油の薄い味付けとして、ことこと煮込むと、その煮汁が良く含まってなんとも言えない旨さ。大根はどう形を変えても大根なので、じっくり煮含めたあとでも、パリッとした食感は残る。それでいて固くもなく、大鉢一杯くらいは、瞬く間に平らげてしまうほど旨い。

以上は、まあしかし、当たり前の食べ方であるが、ここにおいて私は、また例の「発明料理」を工夫考案したので、書き付けておくのである。

或る日、ふつうの切り干し大根の袋をつらつらと眺めていたら、はたと思い当たるところがあった。

そうだ、これを水で戻して、ソース焼きそば風にしてみてはどうだろうか。

思い立ったが吉日、私はさっそくこれを試みたのである。

切り干し大根は五〇グラム一パック、それがちょうど一人前くらいでよろしい。

まずこれをぬるま湯で、概ね二十分ないし三十分ほど戻す。通常は十五分くらいであろうけれど、それはあとでタップリした煮汁で煮含めることを想定しているからで、焼きそば風に作るのは水分が不足するから、常よりは長く戻して含水量を増やすことが大切である。

そうして、一旦もどした切り干しを、もういちどよく水洗いして日向くささを去っておくようにしてから、軽く絞っておこう。あまりきつく絞り過ぎないように注意されたい。

さらに、これを五センチくらいの長さになるように適宜ざくざくと切っておく。そうしないと絡まってしまって炒めにくく食べにくいからである。

さて、いっぽうで、玉ねぎと豚のもも肉（塩コショウで下味を付けておこう）をも細く切っておく。

フライパンに少々のオリーブ油（ごま油・サラダ油でも可）を入れて、玉ねぎと豚肉を炒めて、全体によく火が通ってきたならば、そこに用意しておいた切り干しを全部投入し、全体によく火が通るように弱火で根気よく炒めていこう。

最後に、中濃ソースを全体に適量ふりかけて仕上げの炒め。細削りのかつお節を振りまいて風味を加え、皿に盛ってから青のりなど振り添えると、出来上がり。

味はソース焼きそばそのもので、しかしテクスチャーは切り干し大根。麺のようにはすべらないし、噛まないといけないのだけれど、五〇グラムの切り干しは戻せば相当の嵩《かさ》があって、大盛りの焼きそばという風情になる。が、しかし、まったくカロリーは低く、食物繊維は山のように含まれるから、こういうのを焼きそばの代用食とすると、ダイエットには持ってこいかもしれない。おいしいよ、ほんと。

寿司の食い方

それにしても、寿司というものはおいしいなあと思うのである。

ついては、しかし、おいしい食べ方というものがありそうに思われる。いや、そんな窮屈なことを言わずとも、どう食ったっておいしいものはおいしいのだけれど、そのおいしさをいっそう上盛《うわも》りにする行き方と言おうか……。

まずなにより大切なのは、「すぐ食べる」という、この一点である。せっかく職人が目の前に握って置いてくれた寿司をすぐに食べずに、ぐちゃぐちゃと酒など飲みつつ無駄話をしている人を、まま見かけるけれど、あれはいかんなあ。

寿司というものは、職人の手を放れて目前の寿司皿にスッと置かれた瞬間に、まさに阿吽《あうん》の呼吸でこちらの口中に運ばなくてはならぬと思う。それでこそ、握るほうと食べるほうの気合いが通い合って、ほんとうの寿司の味が解るのだ。

やや大げさに申せば、寿司は握られて職人の指を放れた瞬間が「味」なのであって、その瞬間から一秒ごとに味は失われていくというべきものである。

私は人も知る寿司狂であるが、それゆえに寿司皿に置かれた寿司を一秒とは放置しない。もうその瞬間を待ちかねて待ちかねて、アッと言う間に頂戴してしまう……そのためには、私は職人の手をずっと注視していて、さあ来るぞ、というときになれば、もう右手に箸を構えて待ち受け、置かれた次の瞬間に口に運んでいるという気合いである。

と、こう書くと、変に通ぶった人が、寿司は手で食うものだ、箸など使うのは邪道だなどと言うかもしれぬ。また寿司屋によっては、

「手でやってください」

などと余計な指図とすることもある。

大きなお世話である。手で食いたい人は手で食ったらよかろう。私は手では食べたくない。なにしろ、こっちの手は寿司職人の手のように清浄ではない。世俗の塵埃《じんあい》に穢《けが》れている。清潔ということに神経質な私は、自分の手で触れたものを口に入れるのはどうしても愉快でない。泉鏡花は、饅頭などを食うときに、つねに親指と人差し指の二本でこれをつまんで食い、指の触れていない部分を食べて、最後にその指の触れていた部分は捨てたそうである。ああ、解るなあその気分。私もせんべいなど食べるときは、おおむねそのようにして食べる。

しかもなおかつ、手で食べると、こんどは指先に魚や酢飯の匂いや粘りなどがついてしまって、これまた愉快でない。

だから私は、誰がなんと言おうと寿司は箸で食べる。そのかわり、たとえば煮切《にき》りを刷《は》いていない寿司の場合、皿の上でさっと横にして、ふんわりとやさしく箸でつまみ、神速《しんそく》を以て魚にだけちらりと醤油を付けて、たちどころに食べてしまう。飯粒を落とすこともなく、飯に醤油をつけることも一切ない。

私は酒を呑まぬ。純粋の下戸で呑めないのだから別に威張ることでもなく、恐れ入る必要もない。だから酒などに気を散らすことなく、寿司が置かれる、口に入れる、と同時に次を注文する、これが一続きで間に呼吸を置かない。食べながら、次をなににするか考えているのである。そうして、職人が寿司を置いてくれる瞬間には必ずこちらに意識が向いているはずだから、その気の通っているときにすかさず次を頼むのである。寿司は気合いのものだから、こっちが頼んでいるのに、いつまでもそれを放っておくとか、忘れちまうなんてのはいけない。

「サバ、頼むよっ」

「はいよっ」

と、この気合いがあらまほしい。

また、私には私なりの「食べる順序」というのがある。が、順序は人により季節により、その日のネタの塩梅《あんばい》により、おそらく一定ではないだろう。私は、どの寿司屋でも、決して「おまかせ」なんてのは注文しない。自分には自分の、そのときの「食べたいもの」があるに決まっているからだ。だから「おまかせ」のみ、なんて傲慢なる寿司屋には、頼まれたって足を踏み入れぬ。これは客としての矜持《きょうじ》であって、決して譲れない一点である。固《もと》より人それぞれに好き嫌いや食べたい順序があるだろうから、それは他人がとやかく言うことではない。まして、こう食うべしという決まりがあるわけもない。ただ、握るほうと食べるほうが気を通わせて、寿司で会話する、それが本統《ほんとう》の寿司の食べ方だと思うのである。

ギョウザはあっさりと

ふだんはそれほどでもないが、ときどき、「ああ食べたいなあ」と思うものがある。なかでも、もっとも強力に食べたくなるのが、ギョウザである。

最近は、大阪のやら、宇都宮のやら、テレビでも喧伝《けんでん》せられて、まさに百花繚乱の趣であるが、実は私は外食でギョウザを食べることは、ほぼない。

多くの店では、ギョウザにニンニクやニラが入っていて、匂いが強烈だからである。いや、若い頃にはさんざん食べたし、匂いも脂も気にもしなかったものだ。

しかしながら、中年以降、どうもニンニクを食べると胃が痛くなったりジンマシンが出たりして、どうやら体が拒否しているらしいと思うようになって以来は、もう外食のギョウザは食べられなくなった。

ところで、もうこれも三十年ばかり昔のことになるだろうか、私の亡父は、よく中国からの留学生の後見人のような形で面倒を見ていたもので、わりあいにしょっちゅう中国人学生が家にやって来た。

そのなかでCさんという女性は、北京精華大学の才媛で、実家も学者一家という名門の令嬢であったが、まことに性格も温雅な気持ちの良い人であった。

このCさんが、私に中国人家庭で作られている純正のギョウザの作り方を教えてくれたのである。

その示教によると、中国では、ギョウザといえば水《すい》ギョウザで、日本式の焼きギョウザというものは、余ったギョウザを翌朝に食べるときなどに、いわば焼き直して食べるというものにほかならぬ、というのであった。なるほど、そうすると、それを金科玉条と心得る日本式のギョウザは、中国人からみれば、ずいぶん奇妙なものに違いない。たとえて言えば、炊き立ての飯を喰わずに、わざわざ冷飯にして焼き直して喰っているようなものだからだ。

Cさんは、まずは皮の作り方から、逐一懇切に教えてくれた。ちょっと見ると難しそうだが、実際にやってみると、手先の器用な私には、別段なんの苦労でもなく、さっさと皮を作ることができた。

そうして、Cさんは、ギョウザには一切ニンニクやらニラみたいな匂いの強い野菜は使わぬものだと教えた。

単に、白菜、豚肉、海老、そういう単純であっさりした具を混ぜて、そこにけっこうな下味を付けて、手作りの皮に包む、そういうものだというのであった。

なるほど、そうやって作って、なおかつグラグラと煮立てた鍋の湯のなかに、このギョウザをポイポイと放り込んで、待つことしばし、なかまですっかり火が通ったギョウザは自然と浮き上がってきて、湯のなかで浮沈を繰り返すようになる。

さあこうなればもう出来上がりである。

これらを片端から掬《すく》い取って、熱い熱いそれを、委細《いさい》構わずどんどん食べる。なにしろこういうものは、炭水化物のなかに肉や野菜が包まれている形だから、それ自体がほぼ完全な栄養食となっている。それゆえ、ただギョウザだけをどしどし食べる行き方で、ご飯のような主食は、別には食べない。いや、その手作りの皮自体が主食であって、カレーライスをおかずに飯を喰う人がいないのと同様に、もうギョウザさえ食べれば万事満足というわけである。

こういう中国の正調なるギョウザを学んだ私としては、以後、なにもニンニクやらニラなどを入れる必要は認めなくなった。

それで現在はたまさか、「ああ、今日はギョウザが食べたいなあ」と思い立った日には、白菜に豚肉、それに（私は海老蟹アレルギーで海老は食べられないので）ホタテの貝柱とか、香菜とか、そういう素材を自ら買ってきて、せっせと作って食べる。

もっとも、さすがに皮から作るのは面倒だが、最近は、ギョウザの皮も「厚手」と称して、やや手作り風のものを売っているので、そういうものを買ってきて作るのである。

そうして、もちろん水ギョウザにして十個も十五個も食べるが、その茹でた湯にはギョウザの旨味や皮のとろみも融けているので、そこに包み残した具などを投じて濃厚な中華スープに作り、ギョウザも茹で汁も、なに一つ無駄にせず食べてしまう。

かくて、ギョウザで満腹しても、後に匂いが残るなどということなく、その淡きこと君子の交わりの如しである。呵呵《かか》。

鮒飯《ふなめし》の歯ごたえ

講演の仕事で岡山へ出かけた。

招いてくれたのは地元のお医者さんたちのネットワークで、そこで私は、どういう晩年を心がけたら明るい心を以て幸福に暮らせるだろうかという「ヒント」を、思いつくままにお話ししたのである。

その講演のことはともかく、前夜、主催者のお医者さんたちが、歓迎の食事会を開いてくれた。喧騒なところからはちょっと離れて、おっとりと営業している感じの魚料理のお店であった。

なにしろ岡山は瀬戸内の魚が集まってくるところだから、あれもこれも、出されたものはみなおいしくて、私はがつがつと誰よりも早く完食してのけた。どうも旨いものを目の前に置かれると、のんびりとしていることができず、つい夢中に食べてしまうのが私の悪い癖である。

さて、その「しめ」に出たのが、ご当地名物の「鮒飯」というものであったが、これはこたび初めて見参《げんざん》することを得たもので、これまた珍しくおいしく、結構に賞味させていただいた。

ただ、岡山以外の人にとっては、あまりなじみのない料理かもしれないので、どんなものか少しく説明をしておかなくてはなるまい。

これについては、その座の長者という格のO先生という方が、どうやって作るのかを、仕方《しかた》話《ばなし》に縷々《るる》話してくださったので、それもまた珍しくて楽しかった。

　なんでも、この地方は河川で鮒が大変に獲れるのだそうである。鮒料理というと近江の鮒鮨《ふなずし》が有名だが、あれはちょっと通好《つうごの》みの発酵食品で、好き嫌いははっきり分かれる種類のものに相違ない。しかし、岡山の鮒飯は、まったく違っていて、これは老若男女だれにも好まれる家庭料理である。そこで、O先生も子どもの頃からいつもこれに親しみ、よく料理の手伝いなどもさせられた由で、詳しくその製法などを伝授してくださった。

　O先生の話では、鮒のウロコや頭を去り、三枚に卸《おろ》してから、これを俎板《まないた》の上に置いて包丁でトントンとよく扣《たた》く。つまりあの鯵の「なめろう」などを作るのと同じように細かく叩き混ぜ、そのあと大きな擂《す》り鉢にこれを入れ、ごりごりごりごりと力を込めてじゅうぶんに擂るのだそうである。

　なにしろ鮒は小骨の多い魚であるから、こういう「扣き」と「擂り」の工程によって、食べやすいように工夫したものであろう。しかし、擂っている間も、ごりごり、ごりごりと、骨が当たって相当に力を要するのだと伺った。

　一方で、ニンジンとか椎茸とか牛蒡《ごぼう》などの野菜も食べやすいように細かく切って、炒めてからくだんの鮒ミンチと合わせて醤油や味醂などで味をつけた汁を作り、これを熱い飯の上にかけてから、芹《せり》とか三つ葉などの青み野菜を加えて、あとは豪快にかっ込むと、そういう次第である。見たところは、いわゆる「猫飯」風で、それほど風雅な佇まいではないが、いやいや実際に食べてみると、たしかになおそこここに粉砕された骨が戛々《かつかつ》と歯に当たるのがまた楽しい。

魚の骨には旨みがかなり含まれていること、あの鮭の中骨《なかぼね》缶詰などでも分かるが、どうして、鮒の骨もなかなかのものである。

残念ながら、東京の鮮魚店やスーパーなどで、活きのいい鮒などは見かけたことがないから、これを試しに自作してみたくも材料が手に入らぬ。

今は昔、亡き母方の叔父が釣り道楽で、よく立派な鮒を土産に持ってきた。そういうとき、母はこの骨だらけの魚の料理に窮して、とかく「鮒ばっかりもらってもねえ」と愚痴をこぼしたが、もしそのとき、鮒飯という料理の存在を知りせば、きっと作ってみただろうものをと、今さらながら帰らぬ昔が悔やまれる。

ところで、この鮒という魚はかなり季節性が顕著で、O先生のお話では、もう少しして温かくなってくるとだんだんに臭みが出てきて味が落ちる故、なんといってもこの寒い時期が岡山では鮒飯の旬なのだそうである。

案ずるに、寒中は水が澄んでいて臭みもないが、気温が上がると水が濁って臭気を生ずるために、鮒も味が落ちるのではないかということであった。

ただし、ざっと見たところでは、鮒鮨は夏の季語、鮒膾《ふななます》は春の季語としてあるが、鮒飯という季語は歳時記に採られていない。とはいえ、早春の季語と見、一休禅師の余涎《よぜん》を舐《ねぶ》って、腰折れを一句。

鮒飯や万民之《ばんみんこれ》を賞翫《しょうかん》す　　宇虚人

赤身に限るねえ

好き好きというものだから、なにも食べ物の嗜好に他人が口を出すべきことではないが、しかし、どうしてもひとつ言っておきたいことがある。

それは、人間の味覚には案外と大ざっぱなところがあり、たとえば、「甘い」という感覚は、それだけで人を麻痺させる力がある。だから、なんでも甘味があると、それがすなわち「旨い」と思ってしまう人が多いのである。考えてみると、元来、ウマイとアマイとは、同じ言葉から派生した兄弟関係にあると言ってもよいのである。

それから、もうひとつ人を酔わせるものが、脂肪である。

霜降りの牛肉と赤肉と比べて、なんとなく霜降りのほうが上等でおいしいと思ってしまう人が多いのではないかと想像するのだが、それは実のところとても偏った感じ方のように思われる。

たしかに、すき焼きのような濃厚な料理には、あの脂肪に富んだ霜降りの肉がふさわしかろう。脂肪は熱で融けやすいので、それが融け出したあとの筋繊維はふんわりと柔らかく感じられて、魚肉の軟質なテクスチャーに馴れてきた日本人には、この柔らかさもまた、おいしいというコードと結びつくであろう。

しかしながら、仮にステーキで食べるとしたら、私などは、脂っこすぎていささか持て余す感じがする。それよりも、欧米では当たり前の赤肉の上等のほうが、はるかに噛みごたえもしっかりして、噛むたびに肉の間からじっくりと旨みが湧き出てくる感じがして、霜降りよりもずっとおいしいと私は思う。それも適切に熟成させた赤肉であれば、その沁みとおるような旨さはまた格別である。これに比すれば、霜降りのおいしさは解りやすいが深みに欠ける。

マグロのおいしさも同じことである。世上ではやたらと大トロなんてのを持て囃して、テレビの番組などでも、どうかするとすぐに大トロのドサッとした大ネタをのっけたのなんぞを高級な美味として称揚《しょうよう》するようだが、私にはまったく理解のほかである。

先日、神奈川県下のさる和食レストランで、「マグロ丼」というものを食べた。

まあ、マグロを載せた丼ならば、どうころんでも食えぬことはないだろうと思ったのだが、これがいざ来てみると、ずいぶん分厚い切り身のトロがゴロゴロと載っていて、一口食べると、そのマグロの肉はガリガリとした堅さ、しかも過剰な脂が凝《こご》って口のなかに残留し、それはもうじつに鬱陶しい味わいなのであった。

なるほどなあ、江戸時代の人たちが寿司を食うについて、トロなんてのは猫の餌にやっちまって人間様はもっぱら赤身を食べたものだったというのも、むべなるかなという感じがした。

季節により、魚体の大小により、産地により、魚種により、おなじくマグロといっても、その味わいはさまざまである。

が、やはり本マグロがいちばん旨いなあと私は思うのである。ただし、同じ本マグロでも、季節差個体差があるからすべてがおいしいというわけにはいかぬ。

私自身は、マグロの赤身についても、充分に成熟した魚体のそれを、適切に衛生管理されたなかでみっちりと熟成させたものをもっとも賞翫する。

赤身といっても、ほんとに真っ赤っかで全体に水っぽく、噛むとガリガリとした感じや、サクサクした歯ごたえのものは、どうもよろしくない。

もっともおいしい赤身は、熟成の結果として水分がずいぶんと抜け、肉質はねっとりと柔らかくなり、色もすこーしだけ灰色がかってテカらない。

そういう赤身は、口に入れると舌にまつわりつくようで、生臭さも消え、ただもうアミノ酸的な旨みがすみずみまで行き渡って、ああ、旨いなあ、とつくづくため息をつきたくなるのだ。

しかもそんな赤身をやや薄く切り、江戸時代の風にならって、練り辛子を溶いた醤油で軽く「漬け」にしたのを握ってもらう、なんてのが、私の目下もっとも愛する寿司である。

こうすると、不思議にそこはかとない甘味が感じられて、口に入れたとたんに、ふーっと融ける。それがいいのだ。

もしやむを得ず大トロなどを食うことになったら、私は迷わず、ひと炙り炙ってもらうだろう。そうやって脂を融かし、筋を融かして、やっと大トロなどは口に入れるを得る。生の大トロなどは是非御免を被りたいというものである。

見習う心

どんな技能も、白紙の状態から習得をしようと思ったら、なにはともあれ「見習う」というのが一番の早道である。

昔の職人修業というものは、そもそも「教えない」ものであった。今だって板前修業ともなれば、おそらくそういう原則は変わらないだろうと思われる。

じっさい、私も教育仕事に長く携わってきた経験から言うと、ものごとを骨身に徹してわからせるためには、「教えずに教える」ことが一番よろしい。

人には、向き不向きということがあって、同じように教えたからとて、同じように上達するものではない。あらかじめ決まっている天分のようなものがあって、それがある人は、教えなくとも一生懸命に見様見真似で覚えるものなのだ。

考えてもみてほしい、「ならう」という日本語は、意味上「習う」つまり「習慣になるくらい慣れるまで繰り返す」ということでもあり、またもう一つは、「倣う」つまり、「先達のやることをよくよく観察して真似る」ことでもある。

なにかを「ならおう」と思ったら、だからまずはよく上手な人のやり方を観察し見倣って、しかる後に、それを習熟するまで反復練習する、それこそが技能習得の王道であって、いかに懇切な先生が詳細に説明しようとも、そんなことで技能が身につくわけもない。

そうして、ほんとうに適性も意欲もある人は、その見倣いと習熟練習を黙ってやるから、どんどん上達する。しかし、適性のない人は、もとより観察する注意力も意志もなく、見倣わないことは習熟練習のしようもないから上達は覚束《おぼつか》ぬ。

これは教育のイロハである。良い先生は常に率先垂範、正しい方法を見せてくれる人と決まっているのである。

ただし、職人修業ともなると、あえて親方はその奥義を隠して見せないということもある。いや、それにも十分な根拠のあることで、親方が隠していることを、どうしても盗んでやろうという人一倍の気力と観察力と熱意のある弟子でなくては、奥義は習得し得ないのだから、秘伝とするのにも意味があるのである。

さて、昨今、会社をリタイアしたお父さんたちが、「じゃあ、ひとつお料理でも習ってみるか」というので、「男のためのお料理教室」に通い出した、などということがよくある。そうして、バンダナを被ってエプロンなどしめたリタイアおじさんたちが、慣れない手つきで料理を習っているところなどが、よくジャーナリズムを賑わしている。

しかし私は、そういうことに大いに首をひねる……いったい、この人達は、今までなにをしていたのであろうか、と。

毎日毎日、たとえば奥さんが料理をしているのを目前に観察することはしなかったのだろうか。料理は家庭料理を以て第一義とする。なにも板前の真似をしたり、蕎麦打ちの奥義を極めたいなどということではあるまい。それなら、どうして身近の奥さんのやっていることをよく観察して真似ることをしないのであろうか。

それをせずに料理教室に行こうなんて考え方が間違っているのである。

私は、子どもの頃から、母の料理を手伝うことで、すっかりなにもかも見習いつつ育った。だから事新しく料理を習いにいく必要など毫《ごう》もなかった。ただ、母がやっていたように、見様見真似で包丁を動かして、ああしてこうして、とそれは自然に脳裏に焼き付いていた。

長じては、たとえば寿司屋のカウンターで、オープンキッチンのレストランで、あるいは天ぷら屋で、割烹で、なにもかもうかうかと食っているのではなくて、常に目はその料理人の手先を観察してよくこれを記銘し、不審あらば板前に尋ね、家に帰ればすぐに真似して作ってみる、また忘れぬように書き留めておく、ということを継続してきたのだ。

それが積もり積もって、『音の晩餐』『林望の新味珍菜帖』『超低脂肪お料理帖』『家めしの王道』などの料理に関する何冊もの本となったのである。

それを、日頃は酒ばかり飲んでいて奥さんの料理も観察せず、板前の手先も見ず、ぼんやりと何十年も過ごしてきて、さあ急に料理教室などに通ったとて、どうなるものでもない。それよりも、今からでも遅くはないから、まずは奥さんの料理をよく見習って、せいぜい包丁さばきから練習でもすることである。冷たいことを言うようだが、それが料理を学ぶ第一の心がけなのである。

この白いものは

ちと面白い話を聞いた。

さる割烹の店で、アメリカ人のご婦人に、鱈の白子をステーキ風に料理したものを黙って出したのだそうである。

新鮮な白子を、じょうずに焼いて、そこに醤油でもちょっと滴して焦がしたら、それは旨いにきまっている。

案の定、くだんのご婦人は、おいしいおいしいと、パクパク食べたという。

そうして、半分くらい食べたときに、

「ときに、これはなに?」

と尋ねたそうだ。店の大将は、相手が外国婦人ということもあって、

「それはお答えしないほうがいいのではありませんか」

と進言したそうだが、このご婦人のお連れの紳士は、しごく科学的用語を用いてモノの正体を説明したのだという。

その瞬間、ご婦人は凍りついたようになり、以後はまったくそれに口をつけなかった……という話である。

外国では、白子というものは食用にしないのだろうか。そこらへんは、あまりよくも知らないのだが、実際のところを申せば、多くの場合白子にはクセがなく、クリーミーなテクスチャーといい、そのあっさりとしたなかに奥行きのある味といい、結構な食材であることは、みなさまよくご存知のとおりである。

通常、よくスーパーなどに出ているのは真鱈のそれで、一塩してから、ヒダヒダの間までよく洗い、熱湯をかけて下処理をするとおいしく食べられる。天ぷらにしてもいいし、煮付けても、またざっと茹でてあっさりとポン酢おろしでいくのも素敵だ。

しかしながら、私の思うところ、もっともおいしいと思うのはフグの白子である。フグとなると、形はまろまろとした細長い袋状であって、これも適切に下処理してから、ゆるゆるとロースターで表面の皮に焦げ目が付くまで焼き、塩で食べるというのが、結局いちばんおいしいように思われる。このちょっと焦げた皮の香ばしさと、こってりとした味わい……なんとも言われぬ美味である。

極限すれば、フグは白子がいちばん旨いのではないかとさえ、私は思ったりもするのである。いや、鯛の白子もこれまた頗《すこぶ》るの美味である。鯛の白子となると、東京に住んでいる限りは、ふつうスーパーには出てこない。だからめったと手に入るものではないが、もし料理屋で鯛の白子があるようだったら、ぜひとも食べておきたいものだというくらいには思っている。

さて、問題は、魚の白子がたいていどれも臭みなくおいしいものだということを知ると、それでは哺乳類の白子はどうであろうかというところに思いが至る。

まあこれは、ほとんど手にはいらないものなので、おいしいかまずいか、通常は味わうことがなかなか難しいが、私は、以前一度だけ沖縄でヤギの白子を食べたことがある。

ヤギの肉は独特の臭みがあって、沖縄の人でもよほど慣れた人でないと、実は食べにくいのだそうである。それを知ってはいたが、食いしん坊の私はかつて、沖縄本島のある大衆的な山羊料理屋に行って、その刺し身、ヤギ汁、チーイリチャー（血入り炒め）などという山羊料理をあれこれと食べたことがある。

が、正直を申せば、どれももう一度食べてみたいという気にはならなかった。

と、そんな話を那覇の地元新聞の人に話したところ、

「それは、食べた店が悪かったのでしょうねえ」

とか言って、彼は、行きつけの、ごくごくディープな那覇裏町の沖縄料理店に私を伴った。

そこで、出てきたものは……、

「これですよ、これを食べなくてはいけません」

かくして、輪切りになった白いものが小さな皿で出てきた。なんでも通称「タマちゃん」と言うのだそうである。言うまでもなくそれがヤギの睾丸、言い換えれば白子そのものであった。

それがどんな味であったか。ははは、なんとそれは刺し身で食べるのであったが、いや、まったくクセもなく、表皮はコリコリとした感触で、中身は雑味のないクリーム風、大変に結構な珍味でありましたよ。ただし、一頭から、ほんの僅かしか取れないので、沖縄の人でも滅多と口にはできない稀少な逸品なのだそうである。勇気ある方はぜひお試しを。

スッポンの季節

あいにくと、ウミガメというものは、スープを飲んだことはあっても、その肉を食べたという記憶がない。なんだかおいしそうだけれど、どこで食べられるのか、さっぱり見当もつかぬ。しかし、なにもウミガメを食べずとも、カメの一種スッポンだったら、東京の真ん中でも舌鼓をうつことができるのは、まことに幸いと言わねばならぬ。それというのも、このスッポンというカメは、その美味まことに掬《きく》すべきものであるだけでなく、滋養強精の薬餌としてもまた、すばらしい力があるからである。食べておいしく、ぐんと精がつくとは、なんとありがたい食材であろうか。

それも、冬になるとスッポンは冬眠に入るとあって、その前に十分な栄養を体内に蓄積し、しかも産卵で勢力を殺《そ》がれることもないので、なんといっても味はこの冬に限ると言われている。

スッポンには思い出がいくつかある。

もう遥かな昔、私が高校三年生で、毎日ねじり鉢巻で受験参考書と首っ引きの勉強に励んでいた頃のこと。あれもたぶんもう冬のさなかであったろう。私は眠気を払うために、真冬も窓を全開にして寒気凛冽《りんれつ》たる部屋で机に向かっていたが、そんなある日、当時は経済企画庁の役人だった父が、めずらしく大きなおみやげを買って帰ってきた。そうして、

「陣中見舞いだ」

といって披露したものは、なんと既に捌いて料理するばかりになっているスッポン一匹であった。それまでスッポンなど料理したことのなかった母はさすがに途方に暮れていたが、しかし、このときは簡単にスッポン鍋にして食べた。

それがスッポンの食べ初めで、そのときから、スッポンというものは旨いものだ、ということがしっかり私の脳みそに刻み込まれた。父としては、せめて一生懸命に勉強しているセガレに精を付けさせて、風邪など引かぬようにという親心であっただろうけれど、いまから思うとまことにありがたいことであった。父は、そういう不思議な親心を突発的に発揮する面白い人であった。

三十を過ぎて、私は東横学園女子短期大学という学校の教師となったが、そこに、久保田芳太郎先生という近代文学の教授がおられて、この方が国文科の学科長であった。久保田先生はまた、生粋の江戸っ子で、李白のような美食家であった。この先生が、私の食べっぷりがよろしいというので、ずいぶんいろいろな珍味を味わいに連れていってくださったものだ。

秋になると、来年の入試問題の策定が大仕事で、毎日毎日夜遅くまでの会議が続くのであったが、それが一段落すると、先生は、よく中華料理のスッポンを食べに連れていってくださった。中華のスッポンはまた、ネギや生姜などの香味野菜や紹興酒それに、八角のような香料を利かせた羹《あつもの》の形で出てきた。足といい、首といい、そのまんまの形でごろごろと入っているので、女性のなかには気味悪がって食べようとしない人もあったが、なんともったいないことであろうと、憐憫《れんびん》の情を抱きつつ、そういう人の分はみな私が頂戴してどしどしかぶりついたものである。すると、たとえば足の皮などは、もうズルリズルリとしたゼリー質で、そのなかに包まれた肉は上等の白肉、軍鶏《しゃも》などにも比肩すべき歯ごたえのなかに、じっくりとした滋味が湛えられていて、それはもうなんとも言えない好風味なのであった。

かくて、皮も肉も軟骨も、すべて食べつくししゃぶりつくして、あとには数個の骨しか残らないという、ああ、あのスッポンの羹がまた食べたくなったなあ。

和食のほうでは、なんといってもスッポン鍋、それから生き肝の刺し身、とくに動いている心臓をそのまま酒に落としてクイッと飲む（もっとも私は下戸なのでりんごジュースで生き血を割って、その中に落とすのだが）のがもっとも効能が高いといわれる。なんの、ちょっとも気味悪いとは思わない。

そのほかに、たとえば、しっかりと充実した冬のスッポンの肉を、軽く塩を振っただけで、皮ごとこんがりと炭焼きにして食べるなんてのは、雅中の雅とも言うべきものであろうし、また醤油と酒で下味をつけて、カラッと揚げた唐揚げもまた、スッポンを楽しむにはもっともよい料理法の一つかと思われる。

ああ、こんなことを書いていると腹が減る一方だから、もう筆を擱《お》いて、どれこれからスッポンを食べにまかろうか。

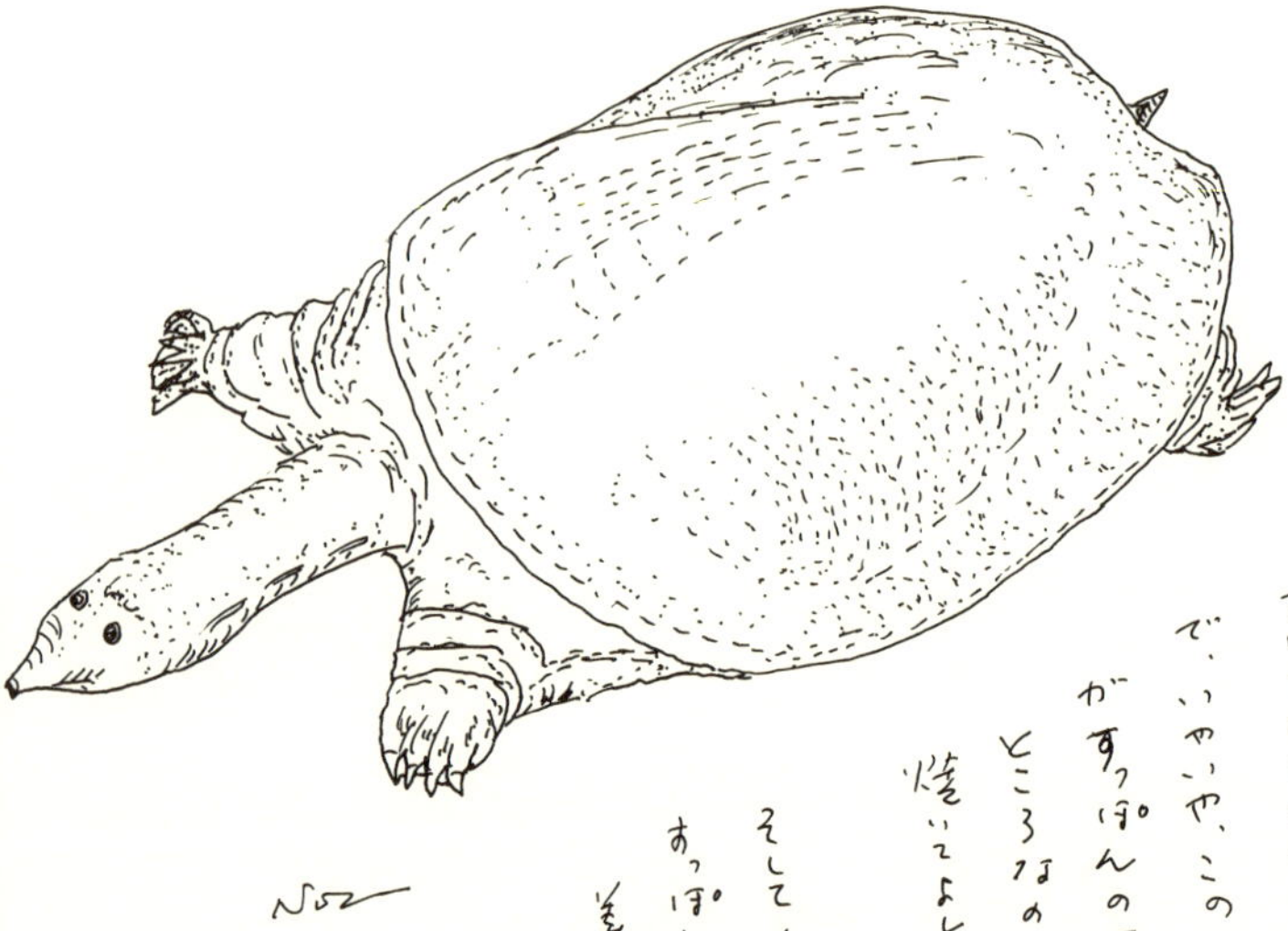

すっぽんは全身が
ブルブルしたゼラチン状
で、いやいや、このブルブル
がすっぽんのエライ
ところなのだ。
焼いてよし、揚げて
よし
そして煮てよし。
すっぽんは
善き哉。

一年に一度の七面鳥

私の家では、むかしから七面鳥はあまりクリスマスの食卓にのぼせることなく、もっぱらチキンの丸焼きを作ったものだが、今年は娘一家が隣に引っ越してきたゆえ、アメリカ式のクリスマスをやることになった。そこで、アメリカ産の巨大な冷凍の七面鳥を買って、こいつをみずから料理することにした。今回は口数も多いことだから、いつもよりだいぶ大きなのを買ったのである。

で、コッチコチの冷凍ターキーは、解凍するのからして一筋縄ではいかぬ。これを解凍するには、冷蔵庫に入れて数日かけてゆっくりと融かすのだとある。しかし、実際にやってみると、三日くらいではなかなかまで融けるものではない。

クリスマスの朝、腰を抜かしそうに重い七面鳥を冷蔵庫から取り出すと、まだまだ内部はまるで凍ったままであった。

そこで、私は塩水をヤカンで沸騰させ、そのぶんぶん湧いている塩湯を腹腔内に注ぎ込んで、内部から解凍を進めることにした。それで、腹腔内部の血汚れなども洗い流せるというものだ。

さて、私は七面鳥でもチキンでも、西洋式にレバーやナッツやスパイスなどのスタッフィングを詰めて焼くのを好まない。ちょっとにおいにクセがあって、おいしいとも思えぬからだ。その代わりに私はご飯を入れる。といっても、玉ねぎのみじん切りとマッシュルームをオリーブ油でソテーし、洗った白米もそのフライパンに投じて炒めてから、炊飯ジャーに投じて、尋常に水加減し、大さじ一杯半ほどの鶏ガラスープ顆粒を風味付けに加えて、さっさと炊く。すると、これがじつにうまいリゾットになる。

さて、熱湯で腹のなかをよく洗い、水気を拭き取ってから、その腹腔内に、いま炊きたての熱い熱いリゾットをぎっしりと詰める。これが私のスタッフィングである。こうすると、炊きたてのリゾットからは、相当の熱が放出されるので、火がとおりにくい腹の内部に、強力な発熱体を仕込んだのと同じ効果を発揮して、なかからじんわりと加熱する効能があるのと、なんといっても、焼きあがった「ライス・スタッフィング」は風味絶佳で、それ自体もおおいに賞《しよう》翫《がん》するに足るというわけである。かくて一石二鳥のターキー風味のリゾットがいっぺんにできてしまうのがありがたい。

つぎに七面鳥の体表全体に、良質の塩を擦り付け（今回は天草ソルトファームの天日塩を使った）、風味を添える意味で、ヒマラヤのブラックソルト（黒塩）を少々、このちょっと硫黄くさい野性的な塩がじつに旨いのだ。

それから、赤ワインをよく揉み込み、さいごにオリーブ油を刷毛でまんべんなく塗りつける。これで下ごしらえは完了である。

焼く作業は、ひたすら根気仕事だ。

オーブンの天パンに焦げ付き防止のクッキングシートを敷き、その上にくだんの七面鳥をのせる。

そうしてこれを百六十度の比較的低い温度で、しずしずと焼くこと、まず九十分。それから、焼き色を見ながら、適宜三十分くらい焼き続けたあとで、全体をすっかりアルミフォイルで包んでしまう。こうしないと、なかまで焼けるまえに外皮がこげてしまう。

いっぽう、この鳥に付け合わせるロースト野菜は、今回、じゃがいも、人参、レンコン、セロリ、マッシュルーム、玉ねぎと入れたが、じゃがいもと人参は茹でて柔らかくしておき、レンコンはあらかじめ塩水に浸けて塩味をつけておく。セロリは乱切り、玉ねぎは櫛型に切っておく。そうして、オーブンの天パンにほどよく溜まってきた鳥のジュースをば、スプーンで掬ってフライパンに移し、そこへ上記の野菜を放り込んでしばらくソテーし、鳥の焼き時間が四時間くらいになったところで、その天パンに、いまソテーした野菜をみっしりと置いて、ふたたび焼くことさらに一時間。

こうして延々五時間を要した七面鳥焼きは無事完了。

さて食べるぞ！　手間暇かけて作った「ジジの七面鳥」は、三人のアメリカ孫たちにはこよなき美味であったと見えて、

「おいしいなあ、ジジのは世界で一番おいしいターキーだ！」

と、頬を赤く染めながら、モリモリ食べてくれた。ハッピー・クリスマスとは、こういうのを言うのであろうなあ。

ご馳走としてのご飯

たとえば、病気をしてしばらく物を食べられない状態が続いたとする。そこから回復して、まず最初になにを食べたいかと考えると、私は、まずなにはさておき白いご飯が食べたい。ご飯がだめならお粥が、お粥がだめならせめて重湯《おもゆ》なりとも啜《すす》りたいと思う。つまり、どこまで行っても私の心のなかのもっとも基底のところの食に「ご飯」があるのである。

そうして、せいぜい目刺しに梅干しかおかかくらいの質素なおかずでご飯を味わうと、ああよくぞ日本人に生まれけりの感が深い。きっとこのあわいは、他国の人のよく知るところではないだろう。

考えてみれば、私たち日本人の生活には、一年中このご飯がなくてはならなかった。正月の餅だって、七草の粥だって、みなご飯の変形だし、春のひな祭りには、私の母はいつも五目寿司をたくさんに作って、それから、タラコとか青のりなどを混ぜ込んだご飯をお握りにして、そこに海苔やウズラの卵などで衣や顔にした「食べるお雛さま」を拵えてもくれたものだった。春の青菜が出る頃には、それをさっとゆがいて、少しの塩を和してまな板で細かく叩き、それをご飯に混ぜて青々としたおいしい菜飯が食卓を飾った。

それから、春秋のお彼岸には、母や祖母がせっせとおはぎを作って、その作るそばから食べたのも懐かしい。

遠足といえば、かならず海苔巻やら御稲荷さんが定番のお弁当だったし、秋の運動会だって、昼の時間に見物の家族と一緒に食べたお握りや海苔巻きなどのお弁当などが懐かしく思いだされる。

今のように冷蔵技術のなかった昔は、ご飯を塩漬けにした魚と一緒につけ込んで発酵させた「なれ寿司」がよく作られていたが、これは今では段々と影を潜めてきて、時代とは申しながら残念なことである。

その代わり、現在は、海辺の町でなくとも、新鮮なカツオやマグロなどが容易に手に入るから、その切り身を醤油に漬けて味を含ませたものをすし飯に和して食べるバラ寿司や手こね寿司などが容易に楽しめるようになったのは、これまた時代というもので、こちらはありがたい。

そうして秋になると、栗ご飯、松茸ご飯、いや松茸でなくてもシメジでもなんでも茸と鶏肉なんかを交えて炊込みご飯の湯気の、あのおいしそうな香りの懐かしさ。グリーンピースでもいいし、剥いた枝豆でもいいのが、あの豆ご飯で、これも元来は秋のものであった。

そうそう、冬になると忘れてならないのは牡蛎飯で、これも旬にはいつも作ったものだった。帆立や蛸などを炊き込むのも、また一興である。

するとおかずなんかはほんの漬物くらいでいいので、それからそれといくらでもご飯が食べられてしまう。だから、普通なら三合炊いたところを五合も炊かないと間に合わなかった。

そういう季節とともに味わうご飯のご馳走の合間には、カレーライスやチャーハンなど、チキンライスにオムライスと、季節にかかわりなくいつでもおいしい御飯料理もあって、ああ、思い起こせば私どもの一年も一生も、いつもご飯と一緒だよなあと、しみじみ思い当たるのである。

二の章

懐かしい味

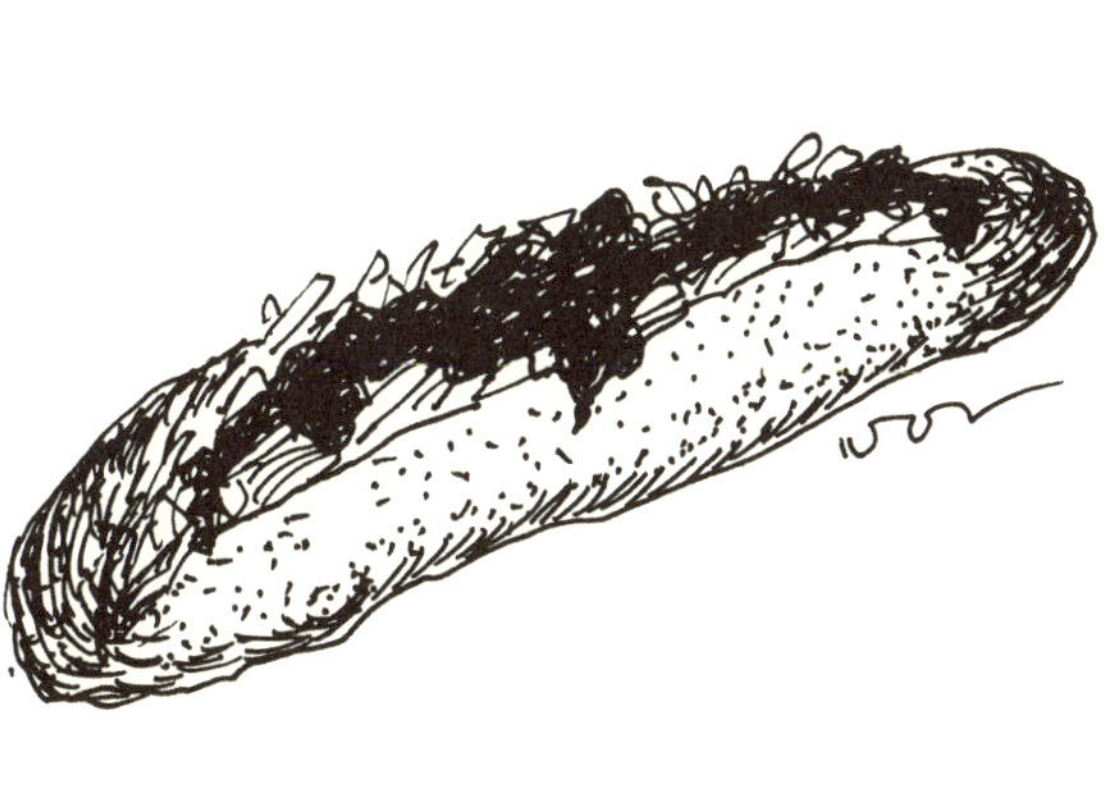

お初の味

たいていのものは、それを人生最初に食べたのは、いつどんな機会であったか、など憶えているものではない。

が、生来食いしん坊であった私は、しばしば、その「お初」に見参《けんざん》した折のことを鮮明に記憶に留めている。

たとえば、カレー蕎麦。

ほんとうの蕎麦通の人に言わせれば、そりゃ邪道だと言うかもしれないが、不思議に私はこの邪道めいたカレー蕎麦というものが大好きである。あれはほかのどんな蕎麦を以てしても代え難い風趣があると、そのように思っているのである。

で、それを人生最初にいつ食べたか。私が五歳だったか六歳だったか、そのあたりはあまり定かでないが、まだともかく年端もいかぬ時分であった。

私の母方の祖父は、まだ私が四つくらいのときに死んでしまった。行年七十二歳だったから、とくに早死にというわけでもない。

この祖父のたぶん一周忌かなにかの法事があったときのことだ。祖父母の墓は烏山の寺町の常栄寺という浄土真宗のお寺にあるのだが、そこへ行くには、京王電車の千歳烏山の駅から、まっすぐ北へ向かって寺町通を歩いていく。

ほんとうに良く晴れた、多分秋の良日であった。つつがなく法事も墓参りも終わって、親類一同で、千歳烏山の駅まで戻ってくると、その踏切の際に蕎麦屋があって、昼食を食べにそこに入った。そのとき、私は誰に唆《そそのか》されたのでもなく、人生最初のカレー蕎麦というものを食べたのであった。

なにしろ熱くて辛くて、子どもの口にはなかなかの難物であったかと思うのだが、それを一口食べた瞬間に、

「あ、これはおいしい！」

と、ただならぬ感銘を受けた、そのことを昨日のことのように記憶しているのは、我ながら不思議である。今から思えば、なんの変哲もないカレー蕎麦だったのだが、いや、カレー蕎麦というものは、余品を以ては代え難い独特の旨みがある。あの芳しいカレー粉の香りと、蕎麦つゆの出汁の風味と、本返しの醤油の味と、そこへ肉と玉ねぎなどが入っていて、全体を片栗粉でねっとりと餡にしてある。そのなかに蕎麦がゆるゆると沈んでいるという、あの佇まいを想像すると、今も直ちにまた食べに行きたい誘惑を感じる。

爾来、私の大好物としてカレー蕎麦は不動の位置を占め、初めて入った蕎麦屋では、必ずカレー蕎麦を注文することにしているのである。

もう一つは、長崎名物の皿うどん。これは長崎で食べたのではなくて、人生最初に食べたのは、島原の町でであった。

あれはもう大人になって、大学院に通っている頃だ。

たまたま島原にある松平文庫というところに文献調査に出向き、昼食をどこで食べようかとうろうろしているうちに、その裏町の小さな食堂に「皿うどん」という看板が出ているのを見て、ふとそれはどんな「うどん」であろうと思った。そのときの想像上の皿うどんは、いわゆる焼きうどんのような形になっているのが皿に盛られている、そんなイメージだったが、皆様ご存知の如く、実際の皿うどんは、まるで違ったもので、いわば細麺の堅焼きそばの上に、ちゃんぽんの具を片栗粉で綴じた餡がかかっているとでもいう底《てい》のものだ。

まずは、想像がまるで外れたことにびっくりしたが、元来、この手のドロドロしたものが大好きな私には、ごく好ましい一品に見えた。

店内には地元の人らしいおじさんがもう一人座っていて、そのおじさんもまた皿うどんを注文していたらしい。私よりも先に、そのおじさんのテーブルに、くだんの皿うどんが運ばれてきた。

「ほほぉ、ああいうものか、旨そうな」

と私は思ったが、見ているとそのおじさんは、餡かけの上に、さらにウスターソースをジャブジャブッとかけた。

どうやら、そうやってソースをかけて食べるものらしい。横目で、その様子を仔細に観察しながら、やがて来た皿うどんに、私も真似してソースを振りまいた。

塩味の餡には、烏賊やらかまぼこやらの海産物が具に入っていて、野菜がずいぶんたくさん、そしてなにより全体が頗る大盛りなのに驚いた。

実際に食べてみると、これが実においしくって、ただちに病みつきとなった。皿うどんは、かくして、我が大好物の一つに組み入れられたのである。

あのキャラメルは何処《いずこ》に

総じて、私どもの子ども時代には、甘いものが乏しかった。

戦後まだ間もない頃のこととて、チョコレートなども、せいぜい「板チョコ」が高級菓子の部類で、子どもたちは日頃から、そうそう年じゅう甘いものを口にするという習慣もなかった。そういう時代の甘い物の代表はさしずめキャラメルであったろうか。

例のおまけ付きのグリコなどはその代表だけれど、つい最近グリコの工場へ見学に行ったら、いろいろ新しいことを教えられた。

その一つは、グリコというものは、少年少女の健康増進のために作られた栄養食品であって、決して単なる甘い菓子ではないというコンセプトである。そもそもこの菓子を発明したのは江崎利一という創業者であるが、彼が牡蛎の茹で汁が捨てられているのを見て、その豊富なグリコーゲンを惜しんで菓子に作ったのが始まりだそうで、あれはグリコーゲンに因んで作られた「グリコ」という名の栄養菓子であって、グリコ・キャラメルとは言わないのだそうだ。

そこで、グリコには、今もちゃんと牡蛎エキスが配合されているというのも、初めて知ったことで、なるほど現在売られているグリコの箱には、歴々と「牡蛎パウダー」という成分が記載されているのである。知らず識らずのうちに、私たちはグリコを食べてありがたくも牡蛎の栄養を摂取していたのであった。

そうして、創業当時、グリコはハート型に成形されていたのだというが、それは私の記憶にはない。私の少年時代にはグリコもふつうの四角いキャラメル形に過ぎなかったが……と思って調べてみたら、戦後の一時期コスト削減のために通常のキャラメル形になっていたのであった。現在は、また創業当時と同じくハート型になっているそうである。

ところで、私どもが「グリコのおまけ」と通称しているものも、あれは「おまけ」ではないのだという。「子どもの仕事は食べることと遊ぶこと」だというのが江崎翁の信念で、それゆえ、グリコは口に食べる栄養、その付属のオモチャは心の栄養と、こういうコンセプトに基づくものの由、以て、あれは「グリコのオモチャ」というのが正解、オマケと言うのは間違いだそうである。

ともあれ、一粒三〇〇メートルと麗々大書したパッケージに両手を挙げてゴールインする陸上ランナーの絵柄も印象的な赤い箱の上に白い小箱に入った小さなオモチャが付属していたグリコは子どもたちのお気に入りであった。

私自身は、あのオモチャにはあまり興味がなかったので、すぐに捨ててしまったか、遊んで壊してしまったか、ともあれ今手元には一つも残っていない。あれがずらりと残っていたら、おそらく一財産になるほどの価値があるのだそうで、いやはやまことに残念。

で、グリコではあの赤い箱にオマケのついた形を今も堅持していて、なかにどんなオモチャが入っているのか、還暦オヤジの私にも興味津々たるものがある。

それに、そうそう、当時は紅梅キャラメルというのが、グリコと双璧という感じで売られていた。これには野球カードというものが付いていて、カードを集めるという楽しみがあったというのだが、そちらのほうはさっぱり記憶がない。

グリコが教育的目的を持ったオモチャと一組であったとすれば、紅梅はコレクター心理を煽ったカードと一組であったわけで、いずれも、たしか一箱五円であったような気がする。ただし私自身は、その紅梅のカードにもまるっきり興味がなかったので、集めたりもしなかったのであろう。

それらの味は、正直なところ正確には記憶していないのだが、ただ、たしかにグリコのほうに若干濃厚な風味があって、紅梅キャラメルはなにやら殺風景な味であった。

それから、明治の「サイコロキャラメル」というのが、もう一方の雄としてキャラメル界の人気を博していた。これは紅白のサイコロ形の箱に大粒のミルクキャラメルが二粒入っていて、グリコよりも紅梅よりも食べでがあったし、味は一番上等な感じがしたような……。

せいぜいこれらのキャラメルを、いかにも上等な味わいのように思って、後生大事《ごしょうだいじ》に舐《な》め舐め遊んでいたことを思い出すと、それはそれでひとつの幸福な時代であったという気がするのである。

昭和の子供たちにとっては、必須のスポーツだったグリコ。一粒三〇〇米にも惹かれるものがあったが、やっぱりこのオマケ、「グリコのオマケ」こそはワクワクのたのしみだったのだ。

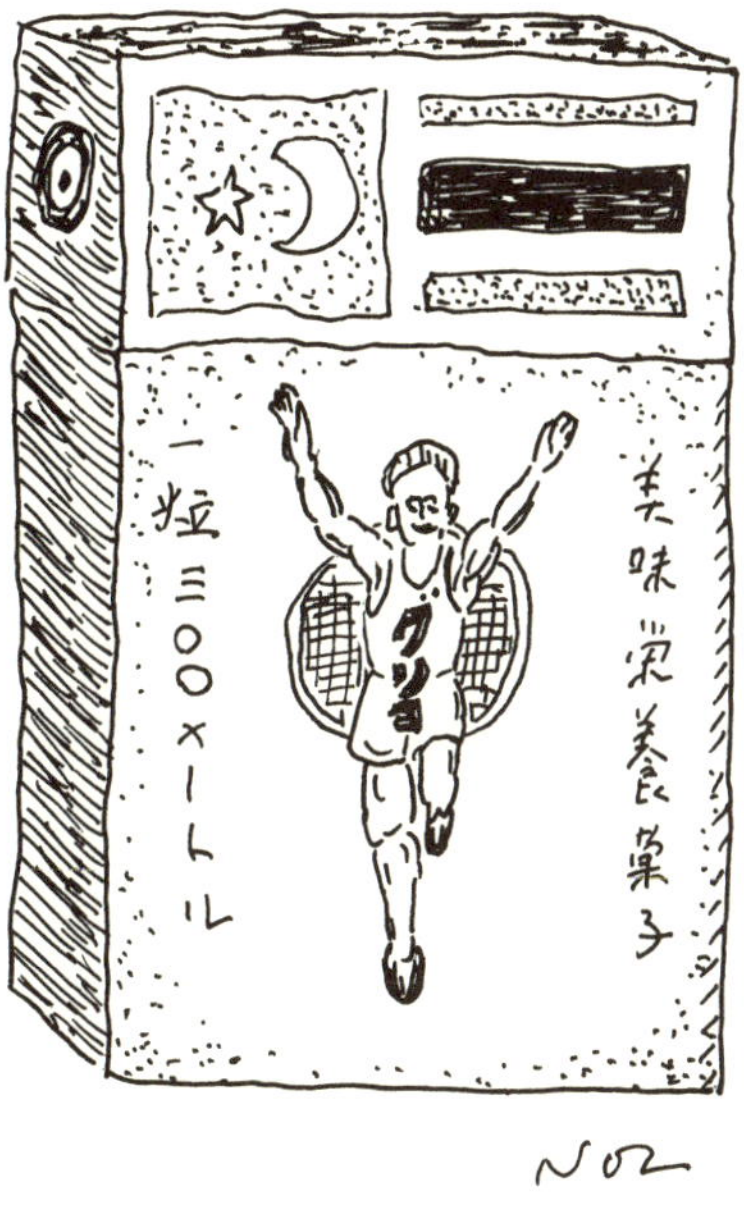

皮を食べるという愉しみ

大昔、まだ十八歳の春の頃、赤坂にあった上方寿司の「有職《ゆうしょく》」という名店で短期のアルバイトをしたことがある。

まだまだ牧歌的な時代で、朝の六時頃から夕方までの勤務で、日当が、忘れもしない六百五十円であった。

有職名物の「粽寿司」には、シャケとか鯛とか何種類かあるのだが、まさに粽の形をした寿司で、笹の包みを剥がすと、なかに上品な紡錘形に作られたお寿司が入っている。で、仕事というのは、その粽寿司の一つひとつに、鯛、鮭、などと書かれた小さな紙を挿むのがまず第一であった。

そしてそれが終ると大きな木箱に詰めて配達の車に同乗し、渋谷の東急名店街にあった出店まで品物を届けに行く。店の人手が足りないときは、そのまま店先でしばらく売り子もやって、昼ごろに電車で赤坂の店まで帰ってくる、というのであった。

店に戻ると、食事が出ることになっていた。その食事がなかなか傑作で、いわゆる賄い飯であるが、粽寿司を作るときに、シャケの半身から薄く身を削ぎ切って寿司用に作る。すると、その後には何枚もシャケの皮だけが残るのであった。これが従業員のおかずである。

シャケの皮は何枚でも好きなだけ食べてよい。多少は身や血合いなども皮に残っているから、それを各自好きなように火で炙って食べるのであった。味噌汁と白い飯は食べ放題。じっさい、名店のなかの名店が選び抜いた素材のシャケだから、その皮も、じつはまことにおいしかった。水戸黄門さまは、シャケの皮が大好きで、一寸の厚さのシャケ皮があったら、一国と引き換えにしてもいいと仰せになったとかいう、いい加減な話が伝わっているが、いや、その気持ちも分からぬではない。

私も、シャケ皮の好きなことは人後に落ちぬ者ゆえ、このアルバイトで出る飯はほんとに嬉しかった。

よくよく考えてみると、シャケの皮など、寿司の素材からみれば捨てるようなところに、実は身よりもよい味が隠れている。よろず魚の皮はなんでもおいしいので、私は決して捨てたりはしない。

魚ばかりでなく、野菜だってもちろん皮はおいしい。

たとえば山芋のたぐいも、あれ、擂るときに皮を剥いてしまったら、山芋本来の野趣が半減して、独特の風味が三割りかた減じるのではなかろうか。

やはり皮は剥かずに、よくタワシで洗い、そのあと直火にかざして鬚根だけを燃やしつつ熱消毒などして、皮ごと卸すに如くはない。あの点々と茶色い皮が混じっているところで、いくらか土臭いとろろ芋の旨味が十全となるのだ。

そう考えてみると、あの北京ダックなんてものも、皮が旨いということを骨身に徹して知る人が考え出した料理で、日本の鳥皮のヤキトリなどと、そもそもの発想は同じところにある。日本ではあまり見かけないが、イギリスなどでは、豚肉も皮ごと売っていることが多い。で、その皮は肉から切り離して細く切り、そのままフライパンに投じて、弱い火でジクジクと焼いていると、自身から出たラードで揚げた状態になり、しまいにカッリカリの棒となる。

これなど、イギリス人にとっては、よいおやつであり、またビールのつまみのような用途にも合うらしい。

もっとも、私も試みてみたが、なにも味がしないもので、ひたすら堅くて、あまりおいしいという感じではなかったが、おそらくこういうものは、その旨味を感じ得るためには、まず食べ慣れるということが必要なのであろう。されば、豚の皮が手に入るなら、ぜひ自分で試してみたいものだが……。

アイスクリームと研究

不思議なもので、アイスクリームというものは、たいていの人が好んで口にする。これは、江戸時代から変わりないところで、牛の乳など臭くて飲めるかと威張っていた侍たちも、咸臨丸の幕府使節団一行にせよ、一八六五年にイギリスに秘密留学した薩摩スチューデントの一行にせよ、ひとたびこれを口にするや、みなすっかりその味に感心してしまっている記録が残っている（拙著『薩摩スチューデント、西へ』光文社文庫、参照）。

私どもの子ども時代には、アイスキャンデーというものを売る行商人などがいたが、これは衛生上良くないといって、母は私どもに食べさせてくれなかったから、その味は知らない。長じて一九七四年、私が大学院に通って文献学を学んでいた時分だが、麻布の有栖川記念公園横の南部坂にサーティーワン・アイスクリームというアメリカ伝来のショップが開店したのであった。

このサーティーワンは各地に夥しいフランチャイズを展開して、今やアイスクリーム店の最大手と言ってもいいくらいだが、今から四十年近く昔のその時分には、ほんとうにびっくりするくらい新しい味わいであった。

それまでは、アイスクリームと言っても、バニラとチョコと苺とか、せいぜい数種類のヴァラエティに過ぎなかったものが、店名のとおり三十一種類の夥しい品揃え（実際には三十二種類のことが多いそうだが）で、しかもそれが、折々に新テイストのそれと入れ替わる、というようなコンセプトそのものが革命的であったけれど、味そのものも、それまでのアイスクリームとは格段の違いだと、私は思った。

当時私は、有栖川記念公園内にある都立中央図書館に収蔵されている江戸時代の文献調査にしばしば通っていたが、その辛気臭《しんきくさ》い文献調査を終えての帰りしな、かならずこの店に立ちよっては、色々な種類を食べ比べて、毎回目からウロコの思いを味わったものだった。

やがて、そのフランチャイズ展開も本格化すると、私が慶應女子高の先生をしていた時代に、三田の慶應義塾大学の正門の真ん前にもサーティーワンが店を開いた。じつにうまいところに展開するものだと感心したが、この時分、私は三田の図書館内にある斯道《しどう》文庫という文献研究所の無給研究員をしていて、週に何度か通っていた。

ところが、斯道文庫の先生がたは、ほとんどがひどい喫煙者で、ただでさえ換気の悪い図書館の地下の研究所は、いつも濛々《もうもう》たるタバコの煙でさんざんに汚染されていた。

それゆえ、しばらくいると咽喉ががらがらになって、甚だ閉口であったが、その帰るさ、私はいつも正門正面にあった、そのサーティーワンで、咽喉の養生のようなつもりもあり、甘味で疲れた脳味噌を癒す効果もありで、一掬《いっきく》のアイスに舌鼓を打ったものであった。

それからまた、夏休みになると、私はしばしば奈良県下の天理図書館に文献を調べに行ったが、天理にはろくなホテルもないので、奈良駅前のホテルに泊まって毎日天理までバスで通った。

その天理行きのバスの出る停留所の真後ろにも、ちょうどまたサーティーワンがあって、真夏の酷暑の奈良で、精も根も尽き果てた夕方には、必ずバスを降りるとすぐにサーティーワンに飛び込んでアイスを舐めて、すると非常に生き返る心地がしたのであった。

長らくの愛用歴のなかで、私の好みは次第に固定して、今では「ジャモカアーモンドファッジ」という、チョコとコーヒーとアーモンドとクリームファッジの混交する複雑な味の名品を専ら鍾愛《しょうあい》してやまないのだが、これにはちょっと悲しい思い出もある。

それはあの東日本大震災の翌々日のことであった。

私と妻は、せめての気晴らしに良い春の日に散歩をしていると、たまたまサーティーワン小金井店の前に出た。やれうれしやと、またそのジャモカアーモンドファッジを舐めているところに、携帯電話がかかった。

それは、私の妹が脳腫瘍で倒れ、緊急手術をすることになったという知らせであった。結局妹は、それから一年間果敢に闘病して世を去ったが、今もあのときのアイスの味は悲しくも忘れ難い。

さて、またそろそろジャモカアーモンドファッジでも食べに行こうかな。

夏みかんの皮懐かし

もう十年近く前に、『東京坊ちゃん』という自伝的小説を書いたことがある。そのなかに、茫々《ぼうぼう》たる往時、まだ物資の不自由だった時代には、夏みかんの皮なども無駄にせずに砂糖漬けにして食べたということを書いておいた。

夏みかんの皮ばかりか、父方の祖父母の家に行くと、西瓜の皮などもぬか漬けにして食べさせられたりしたが、これは正直言って、まずくて閉口であった。

しかし、夏みかんの皮などは、甘いものが少なかった時代に、貴重なお菓子であったように思われる。

なにぶんまだ三歳かそこらの幼児期の記憶だから、いかにも不確かだけれど、当時私どもは下町の墨田区吾嬬町《あずまちょう》というところに住んでいた。小さな借家住まいで、生活は質素であったが、みな貧しい時代だったので、それがいわば普通の生活だったのに違いない。

その借家の近くに、長屋のような家があって、まだ台所などは満足に備わっていなかったことゝて、よろずの煮炊きを外に出した七輪でする人も多かった。

そういう近所のオバサンが、真っ黒な七輪に、大きな黒い鍋を乗っけて、しきりと煮て作っていたのが、夏みかんの皮の砂糖漬けというお菓子であった。要は、中身を食べてしまったあとの皮を、甘く煮て、煮詰めて、最後に真っ白に砂糖をまぶして出来上がりという底《てい》のものである。そういうものも、今では出来合いを買って来る人が多いかと思うのだが、当時はなんでもそうやって自分でこしらえたものであった。

オバサンは、煮上がった甘い夏みかんの皮をつまんで、「お食べよ」と勧めてくれたけれど、なぜか私はそれを食べなかった。家の外では勝手に物を食べてはいけないと、母からきつく言い渡されていたからである。

さて、つい最近、愛媛の夏みかんの立派なやつを三つほどいただいた。そのまま食べてもちょっと酸っぱいので、私は一個は食べて、残りの二個は三個分の皮と一緒に煮て自家製のマーマレードを作ることにした。

しかし、これで日本の夏みかんでマーマレードを作るのは、じつは結構手間ひまがかかる。西洋のオレンジと違って、日本の柑橘類は、夏みかんにせよ、晩白柚《バンペイユ》にせよ、あの表皮のブツブツに含まれる苦味というかエグ味というか、そういうものが強すぎて、そのまま切って煮るだけではあまりおいしくはできない。

そこで、よく切れるナイフを駆使して、表皮のブツブツの部分を薄く削ぎ取るように剥き捨てるという面倒な下処理をしなくてはならぬ。そうしないと、上品なおいしいマーマレードはできぬ。

かくして、三個分の皮の下処理をしたものを水から茹でて十分ほど、その茹でた湯は捨てて、よく流水で揉み洗いし、さらにきつく絞ってから、もういちど水に投じて再度茹でる。

こうしてまた十分ほど茹でてから、その湯も捨てて、またよく洗って絞って、と、ここまでの面倒なプロセスが大切なのである。

こうしてアクをある程度抜いた皮を薄くスライスして、すっかりなかの袋から取り出した果肉と共に煮るのである。

今日は、たっぷりの白ワイン（どなたかにいただいた極上のシャブリであったが、私は酒は一切呑まないので、こういうときに調味料として使うのである）、ならびに多めのレモン汁を加えて煮た。

砂糖はおおかた五〇〇グラムほども使ったろうか。煮立ってきたら、ときどき箆《へら》でゆるやかに混ぜながら、煮詰めていく。それで全体になんだか照り照りとしてきたら、もうそこで火を止めよう。底のほうに、少しく水分が残っているあたりがちょうどいいのである。

これを即座にジャム用のガラス瓶に入れて速やかに蓋を閉める。こうしておくと、つまり日もちのするマーマレードができるのである。で、すっかり冷めると、内皮に含まれるペクチンの作用でどろりと固まってくることが期待される。

このように作ると、色も鮮やかな黄色の、そして過剰に苦味のない、さっぱりとした好風味のマーマレードが出来上がるであろう。

かくて、ジャム用のガラス瓶に三つ分の自家製マーマレードができた。

今、わが冷蔵庫には、これも自家製のリンゴのプリザーブと、今日作った夏みかんのマーマレードとが仲良く、赤と黄の色も鮮やかにたっぷり鎮座している。

サマープディング

イギリスの六月は、まさに地上の楽園で、日は長く、空気は冷涼に乾いて、つねに微風が頬をなでて過ぎ、山野は新鮮な緑に蔽《おお》われて、百花まさに繚乱、ひとたびこのイギリスの六月を味わった人は、終生忘れることがないであろう。

六月から七月にかけてはまた、ただ花々の美しさばかりでなくて、よろずのベリー類も実り熟して、この国の夏を彩る。そういうイギリスの夏の風物詩の一つに、サマープディングがある。これは夏のデザートで、ホテルなどでもよく供せられる。

かくいう私は、もう二十年近く昔に、一度だけイギリスのホテルの厨房仕事をしたことがあって、そのときに作ったデザートが、このサマープディングであった。コッツウォルズの小さなカントリーホテルで、知友のキャロン・クーパー女史が経営している有名な一軒宿であった。たまたま遊びに行ったときに、厨房を預っていたシェフが身内に不幸があったとかで急遽お休みしてしまい、代わりに、クーパー女史の指揮下に私が代理シェフとして一働きしたというわけであった。

そのとき作ったメインディッシュは、サーモンとアンコウと酢漬けサムファイア（pickled samphire）のホイル包み焼き、という一皿であったが、デザートに季節柄のサマープディングを出した。それはこうして作るのである（詳しくは、私とクーパー女史の共著になる『英国田園譜2（食物篇）』をご覧いただきたい）。

まずサンドウィッチ用くらいに薄く切った食パンの耳を落とし、六枚ほどの台形に切り抜いておく。その他に、天部になる五センチほどの円形のものと、底になる三枚とを用意する。

さて、プラム、苺、カシス、ブルーベリー、ラズベリー、ダークチェリーなど、赤い果実をたくさん用意し、これに砂糖、白ワインなどを加えて煮るのである。種のあるものは、あらかじめ取っておくことが必要だ。

ものの十分もあれば煮えてしまうので、これを網で汁と実に分けておく。

つぎに、丼鉢くらいのプディング型を用意して、その内側にオリーブ油を薄く塗っておき、台形のパンを赤い果汁の煮汁に漬けてから、プディング型のなかに少々重ねながら敷き詰める。そしてその内部に、煮た果実をたっぷりと入れて、上から食パン三枚ほどで蓋をし、内壁のパンと圧着させながら、余分な部分を型の縁に沿って切り落としていく。

そしてその上にラップをかけてから重石をのせて、丸一日冷蔵するのである。

翌日、そろりと型から出して皿に置くと、パンの粘りと果実のペクチンの粘性によって、半球形の真っ赤なプディングができる。そこへさらに、適宜苺やチェリーなどで美しく飾ってテーブルに供するのである。

これが、爽やかで、甘くて、綺麗で、香りがよくて、そして冷たく涼しくて、なんとも言えないおいしさである。

日本で作ろうと思うと、なかなかイギリスのように真っ赤な果実が大量には揃わないので、ちょっと作りにくいけれど、といってこれを冷凍の果実で作ったのでは面白からぬ。やはり夏のフレッシュな果実で作りたいものだ。

こうして美しく作ったサマープディングを、宿泊客のディナーに出した。

「デザートは、サマープディング、ヴィクトリア時代風でございます」

と、洒落でそう言ったら、客の上品なイギリス人紳士が破顔一笑して言った。

「おお、うまそうな。しかし、これは、見たところヴィクトリア時代風……と言うよりはエドワード時代風、ではなかろうかな、ははは」

湘南電車とアイス

なんでも豊かなヴァラエティがあれば、そのほうが幸せ、とも言えないところがあるような気がする。

はるかな昔、私どもがまだ小学生だった昭和の三十年代の時分には、アイスクリームなども、今にくらべると、はるかに素朴なもので、種類もごく限られたものだったような気がする。

そのなかで、今も夏になるたびに思い出すのは、夏休みの旅行に行くとき、かならず駅のホームで買って電車に乗り込んだ「富士アイス」というものである。

今も富士アイスクリームという会社の後身はあるようだが、森永乳業の子会社として命脈を保っているのであるらしい。が、もともとは、大正時分に、アメリカからの新帰朝者であった太田永福という人が、銀座裏の喫茶店から身を起こして、大正十三年にアイスクリーム工場を設立し、戦後は焼土のなかから、鉄道《てつどう》弘済会《こうさいかい》と結んで、この富士アイスを駅売りすることで大成功をおさめたのだという。それはともかくとして、その昭和三十年代、東京の小学生だった私どもは、夏休みになると、いつも沼津あたりへ海水浴に出かけた。父は経済官僚であったから、沼津の公務員保養所に行ったのである。

そういうとき、なによりも楽しみだったのは、東京駅から「湘南電車」に乗り込んで、兄と二人、窓際の席に陣取ると車窓の景色を眺めながら、あれこれ飲んだり食べたりすることであった。

駅のホームには、かならず小さな四角い冷凍ケースに入れたアイスクリームを売っていたが、それこそが、この富士アイスクリームであった。

紙製の丸い容器には、たしか富士山の線描の商標が描かれて、そんなこともまた浮き浮きした旅情を誘うのであった。

その時分には、この富士アイスと同時に、必ず弘済会の売店で冷凍のミカンも買い求めたもので、暑いさなかに、白い富士アイスと黄色い冷凍ミカンが車窓でしんしんと冷えているというのは、夏の旅行のこよなき醍醐味でもあった。

しかるに、この富士アイスは、いつでもカッチカチに凍っていて、その頃アイスに付いてきた経木《きょうぎ》のスプーンでは、とても歯が立たなかった。無理に掬《すく》おうとすれば、脆弱《ぜいじゃく》な経木スプーンは折れてしまうであろう。

そこで、私たちは、このアイスをすぐには食べずに、窓辺にそっと置いて、しばらく時間が経つのを待った。湘南電車が品川を過ぎ、川崎を過ぎるあたりで、さしも堅かったアイスが、外側のあたりから少しく軟化してきて、また表面だけをそっと掬って食べることもできるようになる。これを、ちょいちょいと削り取っては、口に運ぶと、甘くて、冷たくて、ミルクの香りが立っていて、そりゃ現代のアイスに比べたらずっとシンプルで素朴な風味だったに違いないが、こちらの口も素朴だった関係で、まさに、天与の甘露という感じがした。

やがて、横浜に着く頃には、アイスはとろとろと溶けてきて、やわな経木スプーンで掬っても大事なく口に運ぶことができるようになったが、そうなるとまたなんだか食べ切ってしまうのがもったいないような思いに駆られて、いずれにしてもチビリチビリと嘗めたのであった。

さてまた、もう一つの冷凍ミカンのほうは、これもオレンジ色の網に五つくらい入って売られていたけれど、当初は真っ白く凍結していて、とても手が出ない。それが、富士アイスを食べているうちには段々と外皮から溶けてきて、やっと皮が剝けるようになってくる。

そうして、アイスを食べ終ってしまったあとは、この凍ったミカンをまた、一袋、一袋と口に入れては、じんわりと溶けていくのを味わうのであった。昭和の子どもたちは、そうやって夏の旅を味わったのであったが……。

湘南電車は夏休みの
スターだった。顔つきは、ちょっと
月光仮面みたいで、オレンジと
緑の二色の車体もよかったナア!

安曇野は懐《なつ》かしきかも……

私が小学校の高学年の頃、父が信州信濃大町に、小さな山荘を建てた。すなわち、父は、これで夏休みに東京育ちの私たちに「いなか」暮しをさせたいと思ったに違いない。そして事実、その後私は、毎年夏はこの信濃大町の別荘で夏中を過ごして、安曇野の田の稲がいくらか黄色くなり、赤とんぼが空一杯に飛び交う頃になると東京の家に戻ってくるというのが普通の生活になった。

その山荘は、当時の主要なエコノミストたちが集団で土地を買って建てたエコノミスト村というコミュニティのなかにあって、村には宮沢さんという老夫婦の管理人が住み込んでいた。信州人の純朴で親切な気質がそのまま人の形になったというような好人物の夫妻で、私は宮沢さんに、さまざまのことを教わった。

宮沢さんは、その村の管理人室に住み込んではいたけれど、本宅はもちろん大町のなかに別にあって、ちょっと離れたところに自宅用の田畑などもお持ちのようであった。

毎年八月の上旬くらいになると、生《な》ったまま完熟した自家用のトマトが沢山にできて、それをいつも段ボール箱一杯ほども頂戴したものであった。

「トマトは木で熟したんでなければ、味がとてもとても」

と言って、ほんとうに大きくて真っ赤に熟したのを、氷水に浸けて冷やしてから食べた。地元の人たちは、すこーし粗塩を振って食べるのが習いであったけれど、私は塩は振らずにそのまま食べた。

おそらくこういう塩は、もちろん甘味を引き立てるという意味もあるけれど、炎天下に働く人たちにとっては、塩分を補給して熱中症になるのを防止するという医学的な意味もあったのに違いない。

この大きな（そうして少し不細工な格好の）トマトは、びっくりするほど甘くてみずみずしくて、なるほどこれでは宮沢さんが自慢にして、東京のスーパーで売っている未熟なときに収穫したそれなどとても食べられぬと言うのもむべなるかなと感じ入ったことであった。

宮沢さんは、管理人という立場ではあったけれど、心は全くの信州人なので、私たちが管理人室に立ち寄ると、

「さ、お茶でも上っていきましょ」

と、すぐにお茶と座布団を勧めてくれるのであった。まさに、田舎家の縁先で村人を接待する仕方さながらであった。

そうして、図々しくお茶の接待に与《あずか》っていると、必ず茶請けの漬物が出た。

夏ならば、白瓜の粕漬けが定番であったろうか。

信州では夏にはどこの八百屋さんにも沢山の白瓜が山積みされる。誰もがそれを漬物にするからである。

半分に割って、中子《なかご》の種を去って、それから相当に強い塩漬けにして水分を抜いてから、こんどはかなり甘い粕床に漬け込む、そういう漬物であった。

だから、ぱっと口に入れたときには、甘さがまず来るのだが、パリパリと嚙《か》んでいるうちに、こんどは下漬けの塩気がじんわりと口に広がる、とまあそんな感じであったように記憶する。

こういうのがずっと古漬けになれば奈良漬けということになるけれど、信州の夏のそれは、もっと浅漬けで、青々とした新鮮な色合いをしていた。

そうして、冬ならば野沢菜漬け。

これはもう信州の漬物の定番で、今ではどこのスーパーにも一年中売っているくらいだが、当時は、まだまだ東京では見かけることがなく、信州に行ってのお楽しみなのであった。しかも、寒さの厳しい安曇にあっては、厳冬の朝などは、その漬物の樽に氷が張る。だから、手を真っ赤にして氷を割って野沢菜を樽から出すのであった。

信州の野沢菜漬けは、もちろん家によってそれぞれの漬け方と味わいがあるのであったが、若干の甘みとして砂糖を加えて漬けるのが一般的であったろうか。

そうやって、樽から出したての、まだいくらか凍っている漬け菜を、一口食べてはお茶を飲む。そうすると、かなり強い塩気がそのお茶で薄められて、塩味の向こうに野沢菜の旨味が現れてくるとでも言ったらよかろうか。

宮沢さんのお爺ちゃんもお婆ちゃんも、もうみなこの世にはおられない。そうして、なにもかも、過ぎた日々は悲しいまでに懐かしい。

水飯《すいはん》というもの

『源氏物語』の「常夏《とこなつ》」に、「大御酒《おほみき》参り、氷水《こほりみづ》召して、水飯《すいはん》など、とりどりにさうどきつつ食ふ」という記事が出てくる。夏の暑いさかりに、涼しい釣殿《つりどの》に集《つど》うて、一献《いっこん》傾けながら、なによりの珍物であった氷水（氷室《ひむろ》に蓄えておいた氷を入れた水）に水飯というような冷涼ならびなきものを賞翫《しょうがん》しているという風景である。水飯は、ここだけでなく、この物語のあちこちに出てくるが、家来衆に振舞う軽食という形でも描かれる。この水飯というもの、どんなふうにして食べたのかなあと、かねて『謹訳源氏物語』を書きながら考えていたものであったが、その後、早稲田の古書肆街《こしょしがい》を逍遥の折、ふと『味覚極楽』という本を手に入れた。小説家の子母澤寛が各界の著名人士に食味のことを聞き書きした、まことに興味津々たる一書であった。昭和三十二年に龍星閣から出たものだが、この本に、「冷や飯に澤庵」という一章がある。これは増上寺の道重信教《みちしげしんきょう》大僧正の語ったところで、そこに、

「飯ぢやがね、これはつめたいに限る。たきたてのあたゝかいのは、第一からだに悪いし歯にもよくないし、おまけに飯そのものの味もないのぢや。本當の飯の味が知りたいなら、冬少しこごつてゐる位のひや飯へ水をかけて、ゆつくりゆつくりと澤庵で食べて見る事ぢや、この味は恐らくわしのやうな坊主でなくては知るまいが、うまいものぢや」

とある。なんだかとても魅力的な語り口で、これはぜひ試してみなくてはなるまいと思わせる。これには子母澤さんも興味を引かれたと見えて、

「私は道重さんの話をきいて一體本當かどうかと、試して見たのが病みつきで、三十年來飯は冷やに限るとしてゐる」

と追記されている。この冷や飯を、子母澤さんは、よい出汁《だし》を取ったところへなにも実を入れずに味噌だけを融かした熱い「空汁《からじる》」で食べるとある。

そこで、いよいよ暑くなってきたこの季節に、道重大僧正お勧めの水漬けを試みることにした。

冷たく冷えている飯に、よく冷えた水をざぶざぶとかけて、水漬けを作った。

さあ、しかしあいにくと今は良いたくあんが手に入らぬ。冬場だと、太い三浦大根など干して伝家の糠床にとっくりと漬けた自家製のたくあんがあるのだが、今は無い。仕方ないから、折しも糠床にちょうど漬き加減になっていた蕪を切って水漬けの相方《あいかた》とすることにした。

うーむ、さらさらとして、冷や冷やとして、しかも飯は米どころ越後から送られてくる一級品のコシヒカリであるから、飯の風味が悪かろうはずもなく、まさに大僧正の言うように、飯そのものの旨みが、そこはかとなく口腔《こうくう》内を満たして、すっと鼻に抜けてくる。

空汁は作らなかったが、ふと思い立って、これに生味噌を合わせてみることにした。

ちょうど、加賀の西圓寺《さいえんじ》味噌がある。この西圓寺味噌というのは、小松にある西圓寺という古寺を社会福祉法人佛子園《ぶっしえん》が再生して、そこで障害者たちが作っているという正直で素朴な味

噌である。私は味噌の味にはうるさいのだが、これがまたじつにおいしい味噌である。塩気は少なくて、程々に甘味があり、香りが良くて、粒々としたテクスチャーがまたよろしい。この味噌は胡瓜などに載せて食べてもよいし、もちろん味噌汁に作れば食べ残した翌朝の汁までも旨いという結構な味噌である。

おそらく、この西圓寺というお寺の味噌蔵に大昔から住みついている「蔵付き酵母」が良質なのであろう。

かくて、大振りの漆塗りの椀に、たっぷりの水飯を作り、いま糠床から出したばかりのつやつやした蕪漬けを一切れ頬張り、そして涼味あふれる水飯をざっと口に流し込んでみる。

ふむふむ、なるほどなあ……。

これはたしかに道重大僧正や子母澤さんの言うとおりだ。飯そのものの、淡い甘味や香りが引き立って、じつに結構至極である。

そして次には、ほんの小指の先ほどの大きさの西圓寺味噌を、その水飯の上に載せ、水に融かすのでなくて、飯と味噌とをひとつにして、そっと舌上に置く。そうしてこれをしっくりと噛むうち、味噌の風味が水飯によって薄められ、塩気が退くと同時に得《え》も言われぬ味噌の味が立ってくる。ああ旨い旨い、これこそ飯の味の真髄に違いあるまいなあ。

風邪の食事

もうすっかり初夏だけれど、妙な咳風邪に取り憑かれている人が多い。

じっさい風邪ほど困ったものもない。なにしろ風邪は根本の治療薬がない。あるのはただ解熱鎮痛剤とかいうような対症療法剤ばかりだ。そこで、昔の人は体を温め、栄養を付けて自然治癒力を増強しようという智恵をいろいろ残して置いてくれたので、せめてそういう方法で対処するのがいちばんかもしれない。

昔、私どもが子どもだったころ、風邪で寝込んでいると、母が必ず作ってくれたのが「摺りりんご」であった。ただりんごの皮を剥いて卸し金でスリスリと卸しただけのものだ。まだフルーツやお菓子などもそれほど多くは出回っていなかった貧しい時代、りんごは、誰の手にでも入りやすいフルーツの優等生だったかもしれない。その摺り卸したりんごは、ガラスの小鉢にでも入れてスプーンで掬って食べた。甘くて冷たくて、ジュースにはいかにも栄養がありそうで、風邪で腫れた咽喉などには、なにしろ気持ちのいい食べ物であった。

しかしこれも、おそらくはビタミンCとかクエン酸とかの成分が、たしかに体の抵抗力を強化し、疲れを癒やすというような作用があったに違いない。

「たまごの皿焼き」も忘れがたい。

なにぶん今と違って鶏卵というものは高級食材であった。いまは物価の優等生などと言われているけれど、昔の鶏卵はかなり高いもので、そうそう自由自在に食べられるというものではなかった。

八百屋さんの店先などで売られていたそれは、籾殻《もみがら》のベッドに優しく置かれていて、いかにも大事に扱われているという感じがしたものだ。

そうしてこの皿焼きというのは、すこぶる素朴な料理で、こうするのである。

まず火に掛けても割れない土鍋のような焼き物の皿に卵を割り入れ、ごくごく弱い火にかけて、皿の上でゆるやかに攪拌《かくはん》するのである。

すると、次第に白身と黄身が交りながらドロドロの状態に半凝固してくる。その頃合いを見計らって火を止め、ちょっとだけ生醤油を落として、出来上がりである。

これを熱いから皿には触らぬように注意しつつ、スプーンでトロトロと掬《すく》って食べた。食べると体が温まって、ゆっくり眠ることができるような……そういう感じであった。

これも今の科学を以て判定すると、卵の白身にはリゾチームという成分が多く含まれていて、粘膜を保護修復するというような顕著な効果があるらしい。現代の風邪薬でも「塩化リゾチーム」という成分が含まれているものも多いから、その薬餌として効果は確かにあったのである。しかも黄身はまた多くの栄養素を含んだ栄養の優等生でもあるから、一個の高価な卵を、こうやって消化しやすい形で啜《すす》り食べることで、風邪薬として役に立ったのであったろう。

私自身は、もし風邪を引いたら、なにはともあれ体温の上がるような食べ物を心がける。

たとえばサムゲタンなどはよい。もともと諸種の栄養素をバランス良く含んでいる鶏肉に、朝鮮人参やら、棗《なつめ》やら、ニンニクやらの漢方薬を籠めて煮込んだものだから、これが風邪の初期などには非常に有効であることは想像がつく。

もう一つ最近私が風邪薬としてよく作るのはロシアンパンスープというもの。

これはニンニクと玉ねぎのみじん切りをオリーブ油で炒め、そこに鶏ガラで取ったチキンストックをたっぷりと白ワインを入れ、細かく切った食パン（又はフランスパン）をざっと加えて、このパンが柔らかく煮崩れるそのちょっと手前くらいまで煮込んだら、そこで火を停める。味付けは塩と黒胡椒だけである。

なんだそんなものかと思うかもしれないが、これを熱い熱い状態で、フウフウいいながらキャセロールに一杯も食べると、たちどころに体中がポッカポカになり、早期の鼻風邪くらいなら、なんの薬も飲むに及ばず治ってしまう。すなわちこれは体温を上げて、細胞中のミトコンドリアやキラー細胞の働きを増進することによって、風邪を撃退しようという戦略であるに違いない。

まだまだこういう食事療法はさまざまあるだろうと想像されるが、結局そういう民間療法のような対応が風邪治療の王道だというところに、この風邪という病の面白いところがあるのである。

ロンドンの赤坂

ロンドンの北郊に、ゴールダーズ・グリーンという住宅地がある。もともとユダヤ人の黄金《こがね》商人たちの町であったのが、今では日本人も多く住む高級な住宅地として知られている。今を遡《さかのぼ》ること三十余年、私はこのゴールダーズ・グリーンからもう少し北へ行ったハイゲートという町に住んでいた。ハイゲートもなかなか瀟洒な良い町であった。いずれも十九世紀ヴィクトリア時代に住宅地として開発されたところである。

家族は東京に残し、私は背水の陣のつもりで単身この町で暮していたのである。

なにしろしかし、当時はまだ一ポンドが三百五十円くらいもした時代で、留学費用として支給される金額では、正味のところ、生活はぎりぎりであった。会社勤めの人たちは、当時ピカデリー・サーカスの近くにあったサントリーの日本料理屋あたりで、それなりの「日本の味」に触れることができたが、そこは手元不如意の留学生に過ぎなかった私には、ちょっと敷居の高いところであった。

ロンドンの中心部にあった高級日本料理店は、たいてい社用族や観光客が相手で、中華料理などを食べるよりも何倍も高いお金を払う覚悟が必要であった。今でこそ、ロンドンの至る所に「ヨー・寿司」だの「ハイ・寿司」だのという寿司屋がにぎわっているが、当時は、まだまだ寿司などは高級日本料理屋へ行かないと食べられない時代であった。

そんなななかで、まあまあ、ちょっと高いかな程度で、私どもにも手の届かないことはない、という店が、そのゴールダーズ・グリーンにあった。その名も「赤坂」という和食屋であった。

おそらくこの店は今でも同じところで営業しているかと思うのだが、もう何年とイギリスにも行かないし、行ってもケンブリッジにばかり居る関係で、ほんとうのところはどうなっているか知らない。

ともあれ、この赤坂という店は、うどんでも蕎麦でも、幕の内弁当のようなものでも、あるいはカツ丼や天丼などでも、なんでもござれの和食屋さんで、値段はそこそこというところだったので、家が近かったせいもあり、和食が食べたくなると、私は折々にこのロンドンの赤坂を訪れたものだった。なにぶん今では、そこらのテスコでもセンズベリーでも和食の材料を買うことができるし、「寿司ランチボックス」と銘打った、呆れるほどまずい冷凍寿司だって、町のスーパーで買うこともできる。しかし、当時は、和食の材料を買うだけでも相当の出費で、自炊していた私は原則的に和食を主として食べてはいたが、外食は中華やイタリアンなどで済ませていた。

その頃、私は三十代の半ばで、まだ元気だった父は六十代の半ば、バリバリの現役で、しょっちゅう国際会議などの仕事でヨーロッパと往来していた。そうして、ドイツであれ、フランスであれ、ヨーロッパで仕事のあるときは、その前後に数日の休暇を設けて、異国で一人奮闘中の倅《せがれ》を励まそうというつもりであったろうか、いつもロンドンへ回り道をして訪ねてくれるのだった。

父は、食べ物などには全く無頓着な人間で、いわゆるグルメぶったところは皆無であったが、せっかく父が来てくれたのだから、たまには日本料理でも奢ってもらおうと、息子としては当然に考えて、その赤坂に、何度も行ったものであった。すると父は、一人ビールなどを旨そうに飲みながら、あれやこれやと食べていたが、いつも、

「案外旨いじゃないか、これ」

とニコニコするのだった。そうして、高いのでいつもは頼むことができないお寿司などを、父が来てくれたときには安心して頼んだ。久しぶりに食べる寿司は、なんだかとてもおいしい気がした。

「好きなだけ食べるがいいさ」

そう言って腹いっぱい寿司を食べさせてくれたことが、父の笑顔とともに懐かしく思い出される。

その後、私の息子がイギリスに留学した。こんどは私が息子を訪ねて行って御馳走してやる番であった。

そのときもやはりあの懐かしい赤坂で寿司を食べさせたが、息子も喜んでむさぼるように食べた。そのとき食べてみると、そんなにおいしい寿司ではなかったが、喜んで食べる息子を見ていたら、あの頃私に寿司を腹いっぱい食べさせてくれた父の気持ちがわかったような気がした。

その父ももう亡くなって七年になる。懐かしい想い出である。

アヒルの掌《てのひら》

そうそう、一つとびきりの「あの味」について書いておかなくてはなるまい。

それは「紅焼鴨掌」というもので、これを中国語でどのように発音するのか、じつは良く知らない。ただ、英語では、「Braised duck web」と言うので、私はもっぱら、その英語名を以て記銘しているのである。

さて、このbraiseという料理法は、肉や野菜などを一旦油で揚げてから、少量の煮汁（ソース）のなかに投じて、とろ火でゆっくりと煮込むという、一種の「揚げ蒸し煮」というべきものである。

そうして、「duck web」は、アヒルの水掻き、と直訳すればそうなるけれど、もちろん水掻きだけを食べるというのではなくて、あの水掻きの付いた足（掌）全体を食べるのである。

作り方は、実際に作ったことはないので、ほんの読み齧りにすぎないけれど、アヒルの掌をよく洗ってから、カラリときつね色になるまで揚げる。

それから、水、醤油、オイスターソース、紹興酒を和した煮汁に入れて、弱火で、とろとろと煮込む。

全体がふんわりとろりと柔らかになったら、出来上がりである。

じっさいに食べてみるとどんな味がするのかというと、総じてこの「紅焼」という料理法は日本人の口には親しみ深く、ふくよかな醤油味が、酒の肴にも、ご飯のおかずにもよく似あうもので、すこぶる食べやすい。

そうして、アヒルの掌というものは、その水掻きのところが、ほぼコラーゲンでできていると言ってもよいので、よくbraiseされたそれは、トロッと口のなかで溶けて、ほとんど噛む必要もなく、するりと咽喉を通っていくであろう。

と、あとには、掌の骨格が残るわけだが、これも、すっぽりと口に投じて、もぐもぐとやっている内に、軟骨やら、僅かにある肉やらが、さらりとほどけてきて、骨以外総て食べることができる。

おそらく栄養的にも、まことに結構なものであるに違いないが、ただ問題は、その「見てくれ」にある。

イギリスの中華料理店では、たいていこの「紅焼鴨掌」を出す。そこで、これを頼むと、大きなお皿に、山のように「アヒルの足先」が出てくるわけである。私などは、その形になんら怯《ひる》むことはないが、多くの人はどうもそうではないらしい。

ちょっとした悪戯心で、私は、日本からのゲストをもてなすときは、必ずこの一品を注文するのを忘れなかった。

さあ、なにが出てくるかと思っていると、そこに、焦げ茶色に煮上がったアヒルの手がどっさりと出てくる。

「これがね、こうして食べると、じつに旨いです」

と言いながら、まずは私自身、その一つをつまみあげて、すっぽりと口に入れ、まずは水掻きのコラーゲンをずるりと剥がして味わい、さらにもぐもぐと骨を舐って軟骨などを味わい、最後に、ばらばらになった骨をペペペッと吐く、とまあ、そういうやり方で食べて見せるのである（いささか下品ながら……）。

「さあ、おいしいですよ、これ。今やってお目にかけたようにして、ぜひご賞味ください」

と勧めてみるけれど、まず多くの場合、とくに女性客は、しり込みして手を付けようとしないことが多かった。

しかしね、この品は、天地神明にかけて申すけれど、ほんとうにおいしいもので、少しも気味の悪いことなどない。なんのクセも臭みもなく、口触りもスムースで、上等至極の一品である。どういうものか、日本人はこれほどの美味を、ただその見てくれの奇怪さから敬遠して食べようとしない関係で、日本の中華料理店でこれを出すところは極めて極めて稀である。

それどころか、テレビなどでは、わざわざ香港あたりへ芸人などを連れていって、これを「ゲテモノ」扱いで無理に喰わせてはギャアギャアと騒いで見せたりしているのを見ることがある。実に不愉快である。これほどおいしい、そして栄養豊かな名品を、ただもうゲテモノと決めつけてかかるのは、中国料理にも、中国文化にも、その無理解と失礼は目に余るというものだし、だいいち、これほどの美味を日本人から遠ざける結果となるのは、遺憾の極みでもある。

私にとっては、なつかしくおいしいイギリスの思い出の味なのに……。

明治二十年の外国料理法

「時代」というのは面白いものだ。申し合わせたわけでもないのに、ある時代には、みんなが共通して採用するスタイルがあるのである。

さて、ここに明治二十年をひとつのエポックとする文化現象がある。それは出版のスタイルである。江戸時代は「木版印刷で和綴《わと》じ」が本の姿であったが、明治三十年頃に、すっかり西洋風の「活版印刷洋装本」に取って代わられる。ところが、その過渡期というべき明治二十年を中心とした一時期、ごく特色的な印刷製本の書物が夥《おびただ》しく世の中に現れた。

それが「ボール表紙本」と呼ばれるものである。その概略を言えば、まず大概は四六判ほどの大きさで、ざらざらした粗悪な本文用紙を用い、表紙は堅いボール紙を芯として、その上に表題などを印刷した紙を貼り付けてある。法律や経済などのごくお堅いものから、戯作《げさく》の類《たぐい》まで内容はさまざまだが、お堅いものはただ枠と題名くらいしか印刷していないのに対して、柔らかい内容のものは、多く多色刷りの絵表紙を貼り付けて、そこにまた独特の味わいがある。製本は角背《かくぜ》で、背は布張りになっている、とこういうスタイルの本が明治二十年前後に集中的に現れるのだが、そのなかに啓蒙書の一群があって、きょうここにご紹介しようと思うのは、外国料理の方法を簡単に書いた実用啓蒙書である。

明治二十年刊『料理独案内《りようりひとりあんない》』という本だが、明治二十四年には『当世料理法』と改題再版されているので、それなりに売れた本だったのであろう。著者は飯塚栄太郎という人だが、どうやら英語のリードルの独習書を何冊も書いているから、英文学者であったらしい。しかし詳しいことはなにも知らない。この本は、東京の改良小説出版舎（辻本九兵衛）という会社から刊行されたもので、正確に書くと「西洋朝鮮／支那日本／料理独案内／附日本衛生料理法」という題名で、薄っぺらい割に内容はなかなか欲張っている。そうして、「飯塚栄太郎纂訳《さんやく》」とあるところを見ると、しかるべき出典から摘訳編纂したものらしい。

ともあれ、たまたま最近この本を手に入れて一読してみたが、明治二十年には、外国の料理の理解はこの程度であったのかと、些《いささ》かびっくりさせられた。

ただし、その緒言に、日本人が身体的にも精神的にも西洋人に比べて軟弱なのは日常の食事の違いによると断じて、しかしその改良のためには、「未た純全《じゆんぜん》たる良書《りやうしよ》あるを見ず余是《ここ》に於てか普《あま》ねく各国の調理法《てうりはう》に就《つ》き又実地に徴《ちやう》して縷述《るじつ》し属《ぞく》を集《あつ》め類《るい》を重《かさ》ねて以て一小冊子を成す」と意気軒昂に言挙《ことあ》げしている。

たとえば、「汁種《しる》」という項目、こんなふうに書いてある。

「最《もつと》も新鮮《しんせん》なる牛肉《ぎうにく》の油《あぶら》のなき所を細《こま》かに切《き》りて同じ分量《ぶんりやう》の水を入れ火上に載《の》せて静《しづ》かに沸《ふつ》騰《とう》せしめ十五分程の間煮《に》たる後《のち》其の液《しる》を篩《ふるひ》にかけて之を濾《こ》すべし然れば其牛肉《そのぎうにく》の善《よ》き所は皆其汁《しる》の中に残《のこ》りて最《もつと》も善《よ》き汁種《しる》が取れるなり」

いわゆるビーフストックというものかと思われるが、これでいいのかなあと首を傾げざるを得ない。

牛肉のスープはまた別に「牛ソップ」として出ていて、そこにはこうある。

「二斤程の牛肉を鍋内に入れ而て水を充て汁の肉部より出るまで大概《をよそ》一時間乃至《ないし》一時間半程煮《に》詰《つ》め芋《いも》少許を入れて取り出し細末《こまか》に切断し食塩《しほ》及ひ胡椒《こしやう》少許を入れ五分時間を過《す》ぎて卸《をろ》し深《ふか》き皿《さら》又は鉢《はち》に盛《も》り食饌《しよくせん》に供するものとす」

どうもあまりおいしそうではないが、これが「支那料理法」になると、ますます不可思議である。たとえばその劈頭《へきとう》の「牛肉《ぎうにく》モトキ」なる料理。

「煮《に》たる海老《ゑび》を一寸許《いつすんばかり》に切断《きり》て葛粉《くずこ》にて衣《ころも》を掛けて樫《かし》の油《あぶら》にて揚げ午房《ごぼう》の皮を脱《さ》り白水に能く晒《さら》し味淋《みりん》の出《だ》しにて叮嚀《ていねい》に下煮《したに》をして裏越《うらこし》の白味噌《しらみそ》にて右両品を和《くわ》へ平山椒《ひらさんしやう》を振《ふ》り掛《か》けるものなり」

とあるのだが、何度読んでも実際にどう作ったものか領解しがたく、仮に此の通りに料理したとして、どんな味になるのかも想像しにくいし、なぜまたこれが「牛肉もどき」なのかわからない。そこがまた愉快でもある。

さて飯塚先生、いったいどこからこの料理法を引用したものであろう。このいかにも実際を知らずに机上の空論的に料理を教えているところが、なんとなく可笑しい。ぜひこんどこの通りにやってみて、どんな味がしたかをご報告したいと思っているところである。

もう一つの『料理独案内』

明治二十年刊『料理独案内』(一八三ページ)という本をご紹介したが、最近また偶然に明治十九年十一月出版の『(日本/支那/西洋)料理独案内』という本が手に入った。これが、前稿の『料理独案内』とはまるっきり別の本なのであった。こんどの本は「青陽楼主人校閲/吉田正太郎編輯」とあるが、吉田正太郎も青陽楼主人も、いまにわかに知るところがない。この『料理独案内』は、国会図書館にいくつもの版が所蔵されており、その版元はまちまちであるから、よほど人口に膾炙した啓蒙書であったように思われる。

こういう書物を一閲すると、いったいどんな思いで、明治の人たちが外国料理特に西洋料理に対峙し受容していったか、苦闘の跡が窺えて、まことに面白い。

この本のなかの、和食、支那食は、ひとまず措いて、とりあえず西洋料理の部を一瞥してみると、その第一章は、三つのメニューからなる。

一、芝某所に於ての献立
二、横浜東海鎮守府に於ての献立
三、延遼館に於ての献立

の三つである。このうち、芝某所というのが気になるが、芝には当時芝離宮やら海軍の水交社やらがあったので、おそらくそのような場所でのメニューなのだろうと思われるが、なぜこれだけ「某所」と名を伏せたのかはよく分からぬ。

三番目の延遼館は、浜離宮のなかに設けられた当時の迎賓館で、アメリカのグラント将軍が来日の折に、ここで明治天皇に謁見《えっけん》したことが歴史上名高い。で、そのメニューは次の如し。

○羹汁《しる》　牛極製野菜五種入れ
これはおそらくビーフコンソメに人参や玉ねぎなどの野菜を加えたものであろうかと思われる。
○魚肉　鯛洋品製蒸《む》し焼《や》き
この「洋品」というのは、おそらくバターとかクリームなどの謂《い》いと思われ、要するに、鯛の蒸し焼きにクリームソースなどを掛けたものかと想像される。
○獣肉　洋豚洋菌冷《ぶたやうきんひや》し製
この「洋菌」はおそらくマッシュルームのことであろうと考えられるので、豚肉の冷製にマッシュルームソースなどを和したものか。
○鳥肉　鶏肉洋品合せ油製
こういう献立で「油製」というのは揚げ物を謂うので、ここでは、おそらく鶏肉に小麦粉やパン粉の衣を付けて上げたフライかと推量される。

○獣肉　牛の脊《せ》肉椎茸《しいたけ》製

この「椎茸製」ははっきり分からないが、案ずるに椎茸でソースを作って味をつけたビーフステーキの類か。

○鳥肉　鳩《はと》の腹肉伊太里《いたりや》製

鳩肉は、日本ではあまり食べないが、今でも西欧ではごく普通に食べる。その腹の肉はよいが、さてこの「伊太里製」とはなんであろう。こまかな作り方までは書いてないので、なかなか推量が困難であるが、第三章の「鳥肉料理の部」を閲するに、鳩料理以下の如し。

「羽を取り腸《はらわた》を去り足を付けて全身を縛《しば》りて其の内に塩、牛酪《ばた》、胡椒《こしやう》、旱芹菜《おらんだせり》、及び麺包《ぱん》の屑粉微細《くづこまか》に刻《きざ》みたる肝《きも》等の交ぜ合せたるものを詰《つ》めて一本の足に一ツの孔《あな》をあけて外の一本の足を其の孔に通し又別に串を刺《さ》し牛酪を塗《ぬ》り凡そ三十分計《はか》りも焼きて之を焙《あぶ》りたる麺包の片《きん（ママ）》をしきたる小皿に盛《も》り肉汁をかけて用ゆるなり」

これではちょっと伊太里というには当らない感じもするが……。

○蔬菜《さい》　野天門冬洋品包《つゝ》み油製

この「野天門冬」とはなにか。「天門冬《てんもんどう》」は学名Asparagus cochinchinensisとて、アスパラガスの仲間であるから、あるいはアスパラガスのことか。しかしそれを洋品に包んで（パン粉などの衣を付けて）揚げるとなると、アスパラガスのフライでもあろうか。

○犢股肉蒸《む》し焼《や》き洋菜

これは読んで字の如し、仔牛のもも肉のローストに西洋野菜を添えたもの。

これらの後には、デザート（製菓《くわし》）として「菓《くだもの》入《い》れ冷《ひや》し製寄《よ》せ物」とあるが、これはフルーツゼリーのようなものであろう。また「氷製匂入れ」というのはアイスクリームでもあろうか。

その他にも、「小形数品」という菓子も出、「菓実《くだもの》　和洋数品」とあるのはフルーツのデザートであろう。

まあなかなか実体がつかみにくいが、それでも、相当に豪華なフルコースが日本でも作られていたことがわかる。

こんなのをなんとか復元して味わってみたいものだが……。

この豚は喰いたいぞ!

「黄檗《おうばく》の豚」という話を読んだ。

これは、礒萍水《いそひょうすい》という人が書いた『武蔵野風物志』(昭和十八年、青磁社刊)という随筆本に出ている。

ざっとこんな話である。

「俺はこの四年このかた、彼岸になると、豚の夢を見る」

と書き出されるのだが、これが黄檗宗の萬福寺《まんぷくじ》で春秋の彼岸に食べるという「豚の丸蒸し」というものの話である。ちょっと長いが、ぜひ萍水の飄々たる文章でご一読願いたい。

「宇治の萬福寺では、半月ばかり前からその料理にかかる。

二歳仔《にさいし》が丁度食べ頃だ、これなら先づ二百人分はある。豚の腹を割いて臓物を抜きとる(略)。豚の腹には野菜をぎしぎしに詰める。木の実もよろしい、干海老なぞは上々だが、さう沢山は得られないので困る。大鍋に油を波々《なみなみ》と湛《たた》へて、夜から昼、昼から夜へと、幾日と云うことなしにぐらぐらと煮たてる。よき頃合を見計つて其上に件《くだん》の豚を宙釣りの工合式《ぐあいしき》に乗せる、函に入れてだ。上と四方が鉄の壁になつてゐて、下だけが二重の金網になつてゐる。つまり其函が鍋の蓋になるのだ。それでまた幾日と云ふことなしに油で蒸したてる。蒸すほどに、蒸すほどに、彼の厚い豚の脂が、油の蒸気で蕩《とろ》け落ちる、その脂が油と和して、また豚を蒸す。蒸すほどに、蒸すほどに毛さへ蒸し落されて、全体桃色になる。この桃色になつたのが食頃だと云ふ知らせだ、一人二切と云ふ掟になつてゐるのだから、成可《なるべ》く厚く大きく切つて貰ふ、軽く塩をふつて、食べる。

その美味《うま》さだ、豚自身の脂が豚に味をつける、煉火何百時《れんかなんびやくじ》、歯牙《しが》を要せぬ、自づから舌頭《ぜつとう》に消えて行くその味《あじは》ひ、何と賞美のしやうもない。吾々は食べ足りずに、皮であれ、爪であらうが、拾ひあつめては、ぱりぱりと食べる。(略)

美味さが恐しい、少時《しばらく》は歯を当てずにゐる、噛むのが惜しい。然しいつまでも舌に乗せつぱなしでは、涎《よだれ》が垂れて見つともない、惜しいが、噛《か》む。覚《おも》はずも讃仏偈《さんぶつげ》を唱へる、美味さの感激だ。子供はよくおいしい物を食べる時に、惜しさうに、勿体なささうに、少しづつ食べる、いまの俺はそれだ。念入りに噛む。歯と歯がかちかち音のするまでも噛んで、徐《しづ》かに飲み込む」

どうであろう。この旨そうな文章は。この一文が書かれたときには、もう日本は太平洋戦争のまっただなかで、食料はすでに配給制となり、こんなふうにダイナミックな豚肉料理など、とても出来る状態ではなかったに違いない。

いや、実際にこの豚の丸焼きを萍水は何度も食べたことのある筆致で書いているのだが、さあどうであろう。

第一、いかに精進落しとはいえ、また大陸から新伝来の黄檗宗とはいえ、かような生々しい獣料理だ、年に二度のお彼岸ごとに食べたものかどうか、その真偽は、いま俄《にわか》に知りがたい。

ただ、このいかにも旨そうな豚の丸焼きを惜しみ惜しみ食べるところを、萍水はありありと白昼夢のように妄想しているというのである。そうして、配られた二切れのうち、やっと一切れを食べ終わって、あと一つあると舌なめずりをした途端に、

「あなた、何をしていらつしやるの」

という細君の声で、ハッと現実に引き戻されるという話である。

しかし、この黄檗の豚肉なるものは、なんとまたおいしそうであろうか。ついつい萍水の妄想に引き込まれて、私もその桃色に変じた油蒸しの豚肉を脳裏に想像すると、なんとしても生きているうちに一度は食べてみたいものだと思わざるを得なかった。

戦争たけなわで、次第に飢餓空腹の迫ってくる時代、そうして、このままいつまで命が保てるか分からぬ時代に、萍水は、ただただこの豚肉をもう一度食べたいと思うその一心で、「今《こん》世《せ》の諸仏、希《ねが》はくば我をしてその時まで生かさせ賜《たま》へ」とまで祈念するというのである。呵呵《かか》。

萍水は、明治十三年生まれの作家で、江見水蔭《えみすいいん》の門弟であったという。ということは、この文章を書いた昭和十八年には六十三歳ほどであったと思われる。もう昔の常識で言えば、すっかりお爺さんという年であったはずだが、この食味への執念はなまなかでない。

とは言いながら、これを読むほどに想像するほどに、ああ俺も喰いたいなあ、この黄檗の豚！

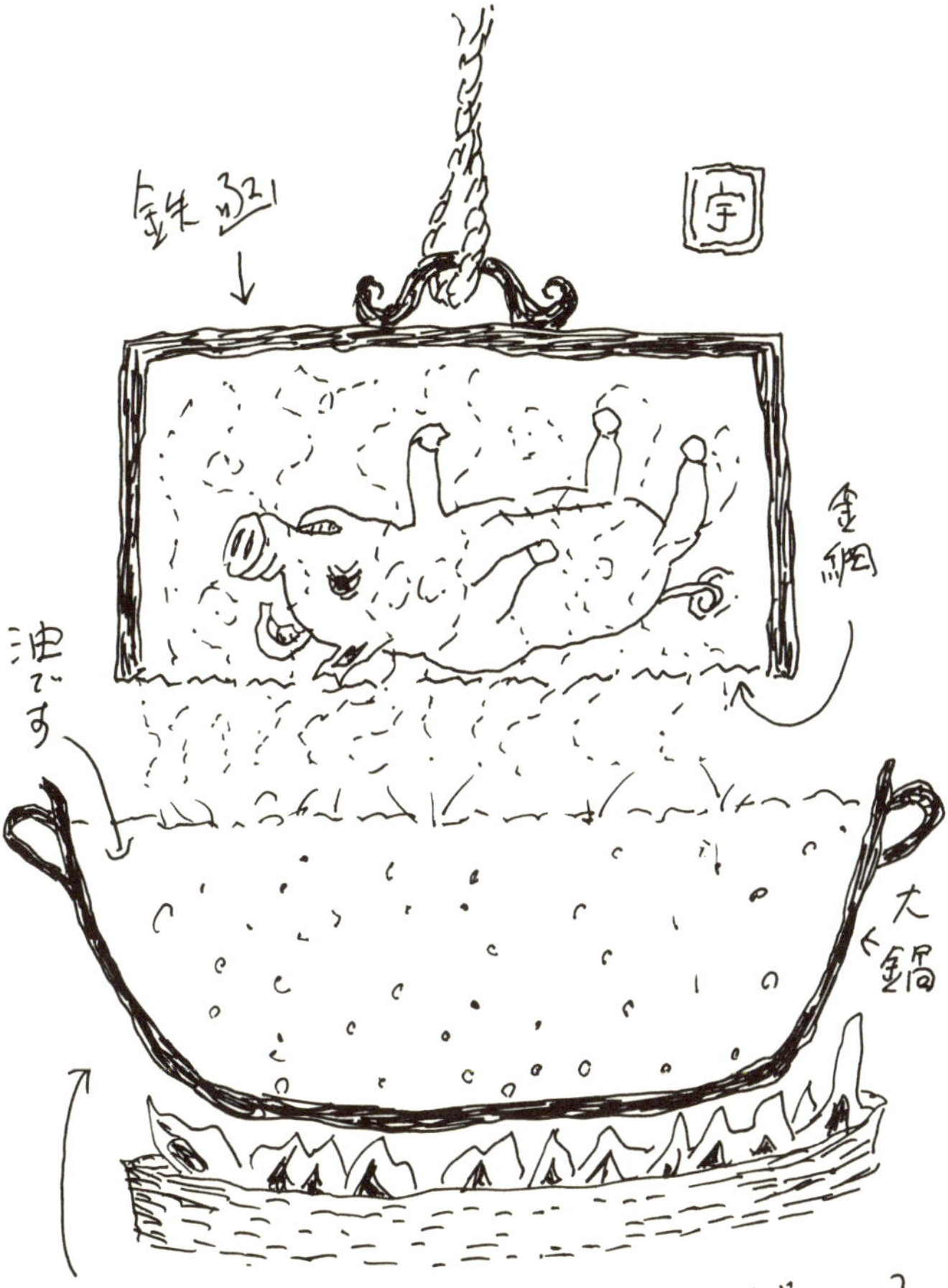

この大鍋にてなみなみとたぎっている油の蒸気で上になる鉄函の中の豚を幾日と蒸し上げるという。う〜〜む。

饅頭の賛

饅頭というものは、まったく、なんとしても旨いものだ。小麦の粉などを皮として麹などで発酵させ、中に餡を包み、それを蒸し上げれば、ふんわりとした饅頭となる。いわば単純なものだけれど、いや、なかなかどうして、この単純なところがくせ者で、饅頭の味わいは、所により店により、素材により蒸しようにより、まことに千差万別、あの信州のお焼きのようなものも一種の饅頭だから、ああいうものまで入れると、日本全国津々浦々、饅頭を知らぬ里というものはまずもって無いだろうと思うくらいだ。

私は、根っからの饅頭好きで、諸国を旅しながら、どこへ行っても発見できるご当地名物の饅頭を、ぬかりなく味わってみる。その結果、たいていはまあ、可もなく不可もない凡庸な味のことが多いのだが、なかでも、思いもかけないところで、非常に美味なる饅頭に出会ったときの嬉しさはまた格別である。この出会いの楽しさが、旅の悦楽である。

やはり「できたて、蒸かしたて」のほっかほかのところを食べるということに、まず饅頭第一の好風味があることは、誰も認めるところであろう。

だから饅頭は、すぐれてご当地的なもので、それを真空パックなどに拵えて、遠く東京で売ろうというようなことをすると、どうしても本来の店の味わいの何割かは減じることがさけられぬ。

さてそこで、私の推奨する当今第一の饅頭は鹿児島県加治木町《かじき》の「加治木饅頭」というものである。このことはかつてＮＨＫラジオでも話したから、食べたいなあと思った人も多いであろう。

しかしながら、この饅頭こそは、どうしても鹿児島の加治木まで足を運ばずしては味わいがたい美味なのだ。

そもそも最初にこれに遭遇したのは、さる雑誌の取材で、鹿児島空港から市内へ向かって車を運転していたときのことであった（私はいつも空港からは自分でレンタカーを運転していく）。そのとき、なんとなく小腹が減ったので、たまたま「元祖加治木まんじゅう」と看板を立てた、ちと殺風景な店を見つけて、さっそく一つ買って喰った。

ああ、そのなんと旨かったことであろう。全体円盤状にひらべったく、べったりとした皮の質感、甘すぎず、しかし小豆の風味がきちんと詰まっているあんこ、持てないほど熱いその蒸《ふ》かしたてのほかほか。私はその場でたちどころに一個平らげ、あまりに旨いので、あと六個買って、ホテルでの楽しみに持っていった。饅頭は白いのと蓬《よもぎ》のと、ふた色あったから、どちらも買ってみた。できたての熱々《あつあつ》を今は珍しくなった本物の経木でくるんでから包んでくれた。ホテルについて、まだぬくぬくとしたのを、さらに二つ、あっという間に平らげ、さすがにあと四つは残しておいた。

そして、食後のデザート、さらに深夜の夜食にと、六つ買った饅頭はすべて、その日のうちに食べてしまった。

その後、この店はなぜか廃業閉店し、いまでは、日豊本線の線路際にある新道屋《しんみちや》という店のそれが、人気随一を誇る。この新道屋の饅頭は、最初に私が味わった「元祖加治木まんじゅう」のそれとまことに甲乙つけがたい。

面白いことは、かの元祖の店といい、新道屋といい、店構えが独特なことである。店といっても、なにやら工場の一角に小さな窓が設けてある、とでもいったらいいような形で、しかもその窓は常時閉め切ってある。

そうして、客がくると、なかで饅頭を作っていた職人さんが、くだんの小窓をちょいとだけ開けて注文を聞き、注文された個数だけを蒸かしたての状態で売ってくれるのである。なんだか、その様態は、「作業中恐縮ながら、売っていただく」とでもいったらいいような風情だ。

しかし、これはなにも無愛想でそうしているのではなくて、これこそ、加治木饅頭の好風味を毫《ごう》も損なわずして客に提供しようという遠謀深慮の由であった。

すなわち、これを乾燥した外気にさらしたらたちまち皮が乾いて、あのべっとりとした加治木饅頭の風味が半減してしまうからである。

だからこそ、職人さんたちは、高温多湿な製造工場のなかに身を置いて、あの風味を保ったまま、大事に売ってくれるのである。まことにご当地に行かなくては味わうことを得ないところ、ああ、また行って食べたいなぁと、私は加治木饅頭を思うといつも垂涎《すいぜん》せざるを得ぬ。

禁忌の味

はるかな昔、まだ私どもが小さな子どもであった頃、食べてはいけないといわれた幾つかの禁忌があった。

その一つに、チョコレート。これは食べてはいけないわけではないのだが、食べ過ぎるのは禁忌であった。その理由は、チョコレートはのぼせるので、食べすぎると鼻血が出るから、ということであったが、なにしろその頃は、現代のように豊富にチョコレートが出回っていたわけでもなく、遠足にチャチな板チョコを少々齧るくらいが関の山で、実際にそれで鼻血が出るほど食べた経験もないので、はたしてこの禁忌に意味があったかどうか定かでない。

もう一つは、魚の血合。ぶりとか鮭とか、そういう大型の魚の切り身を買ってくると、当然のことながら、皮のところに茶色い血合がついている。これものぼせるので、子どもは食べないほうがいい、と私どもは教えられたものだった。

しかしながら、生来食いしん坊の私は、そんな禁忌を気にするはずもなく、血合も皮もパクパクと食べて、ああ旨いなあと思っていた記憶がある。

ところが、学校給食などのときに見ていると、この切り身の皮や血合を食べずに残すやつがいたりして、じつに不思議に思った。そうして、あれ旨いのになあと、垂涎《すいぜん》の思いをしたものであった。

そんなふうにして血合を愛好することただならぬ少年であったが、だからといって鼻血が出たということもない。あれはさて、迷信であったのだろうか、それともしかるべき医学的根拠あっての禁忌だったろうか……。

さて、私がもっとも贔屓にしている寿司屋は早稲田の八幡鮨という店で、ごく庶民的な、肩のこらない店でありながら味は一流と、そこがなにしろ気に入って頻々《ひんぴん》と通っているのである。

かねて、こういう寿司屋などでは、賄《まかな》いはどういうものを食べるのか、はなはだ食いしん坊の私は、どうしてもそれが気になって、五代目の大将に聞いてもみたし、また折あらばぜひ一度食べてみたいものだと、食い意地の張ったことを言ってもみた。

大将が教えて曰く、

「たとえば、鮪なんかを仕入れてきますとね、ネタにするサクを取ったあとに、血合などが残りますので、この血合とかそういうものも、私どもの賄いの材料になるんです」と。

なに、鮪の血合！　それは聞き捨てならぬ。鮪ったって、この店の鮪はいつだって一級品を仕入れてくるのだから、つまり血合だって一級品に違いない。それを賄いではもう食べ飽きるほど食べているのだと、大将は微苦笑するのだった。そこで、それが食べたいなあと、よだれを垂らしそうな顔で言ってみたら、なんと親切にも、その日仕入れた鮪の血合を一山譲ってくれた。

「どうぞ試しにお持ちください」

それは、ああなんと嬉しい贈り物であったろうか。

私は持ち帰って、翌日の夕食に、さっそく料理して食べることにした。

まずは唐揚げというか、立田揚というか、ともかく次のようにして食べた。

血合は大きな塊で来たので、これをまず一口に切ってから、軽く水洗いし、その水気を切って、減塩醤油にたっぷりの生姜卸し、それに少々のみりんを混ぜた漬け汁に漬け込んで、十分ほど置いた。

味が沁みたところで、それに小麦粉を打ち込むようにまぶして、サラダ油で揚げた。といっても、私は健康上の理由からあまり揚げ物は食べないようにしているので、フライパンに、ほんの浅くサラダ油を入れて、そこにそっと置くようにして、いわゆるシャロウフライの寸法で揚げたのである。

血合はもともと黒っぽいので、これに醤油の色が加わり、さらに粉が油に焦げることもあって、出来上がりはずいぶんと真っ黒いものになった。

一見すると味が濃いような感じだが、さにあらず、食べてみると表面はサクッとして、なかはふんわりと柔らかく、血合という言葉から想像されるような生ぐさみはもはや無く、醤油の焦げた芳香に生姜の風味が加わって、じつにじつに美味しかった。そもそも血合は栄養にも富む部位なので、こんなふうに工夫して食べると、体にもきっとよいだろう。

鮪の血合などなかなか手に入らないのが難点だが、思いがけずこんな珍味を分けてくれた大将に深く感謝しつつ、私は大いに口果報をしたことであった。

目玉を喰う

川端茅舎《かわばたぼうしゃ》の句に、こんなのがある。

桜鯛かなしき眼玉くはれけり

桜鯛は、春爛漫のころ、産卵のために水面近くに浮き上がってくる鯛で、ために浮き鯛とも言うのであるが、浅いところに来ているから、たくさん獲れるらしい。とはいえ、腹の子に栄養をとられているために、それほどおいしくはないというのが実はほんとうらしい。

それはともかく、茅舎の句は、その桜鯛の目玉が喰われてしまっていることを詠んだもので、「かなしき眼玉」と置いたところが、もののあはれを感じさせている。そう思えば、なるほど魚ってものは、あれで皿の上に置かれているときの眼は、どこか悲しいようにも見える。

わが亡父は、人後に落ちぬ魚好きで、魚とくれば刺身はもちろん、焼き魚、煮魚、揚物、なんでもござれであった。そうして、父の魚の食いようは、いわゆる「猫また」という寸法で、持ち古りた会津塗の箸を器用に使って、およそ食べられるところはすべて舐《ねぶ》るようにきれいに食べてしまうのであった。

たとえば鯵の塩焼きのごときものでも、身という身はきれいさっぱり食べてしまったあとで、ちょいと背骨を折るようにして、その折り目に口をつけると、チュウチュウと音を立てて吸いなどもした。そうやると骨髄の旨さが味わえるというのであったが、それは確かにその通りで、私など今でもそれを真似て背骨は必ず吸ってしまうことにしている。

それくらいだから、鯛の兜とくれば、これはもう親の仇でも討つような心構えで、脳髄から顎回りのトロリとしたゼリー質の所やら、どこからどこまですっかり吸い尽くしてしまうのであった。

そんなふうになりふり構わず鯛の兜を食べることは魚好きの常識で、辻留の辻嘉一さんも『味覚三昧』という本のなかに、こう書いている。

「タイの頭は二つに切り、つけ焼きにして粉山椒をふりかけたり、叩き木の芽をかけ、なりふりかまわず、むしゃぶりつく……といった食べ方でなくては、皮肉骨髄の隅々までも吸い取ることができず、真の醍醐味は得られません」

この兜喰いのなかに目玉が含まれることは当然で、実際鯛の目玉はまた衆魚に抽《ぬき》んでた美味でもある。

亡父はまた、こうも言っていた。

「魚ってやつは、全体が細長くなるほど頭は旨くないな。やはり鯛のようなずんぐりとした魚の頭は格別に旨い」

それゆえ、サンマとかイワシなどの頭は食べずに残していたが、私の意見はちょっと違っていて、細長い魚でも、サンマの頭などはなかなかバカにできない美味だと思うのだ。特に開きは、頭ももろともにこんがりと焼き込んでから、まるでサンマと口付けでもするように、口の先から齧って食べてしまうと、眼のあたりも脳髄も、これがなかなか旨い。イワシの頭のように硬くもないし、ちょっと味噌めいた風味があって悪くない。

とはいえ、鯛の目玉ほどの美味は、あの眼の小さなサンマなどには求むべくもないところである。

また、鯛とは別種の魚ながら、金目鯛などは、その名前からして目玉を賞味する魚であることを思わせる。深海魚で、その目玉は大きくてゼリー質に富み、たしかに美味一等ではあるが、ただ金目鯛は特に煮魚の王という感じである。これに比べて鯛は、煮ても焼いても蒸しても宜しく、そのいずれであれ目玉はふっくらとおいしく食べられる。鯛は眼球それ自体だけでなく、目の回りの筋肉、いわゆる眼肉というものも出色の旨さだし、目の奥から脳髄に至るあたりの神経束もずるずるしていてなんともいえず旨い。

ところが、世の中はいろいろで、魚の目を食べることを禁忌とする地方もある。新潟県の糸魚川で宴席に招かれ、出た赤い魚（鯛ではなかったが、聞きなれない名の魚であった）の眼が旨そうなので、これに箸を立てようとすると、みないっせいに「ああっ、眼は食べてはいかんです」と制止するのでびっくりした。それがどういう訳かは聞かなかったが、要するに、この地方では魚の目を食べる習慣がないというだけのことであろう。たぶん、この分では、他にも眼は食べないという地方があるに違いない。

味覚はいろいろとは言いながら、あれほど旨い魚の目を食べずに捨てるというのは、味覚的にも、また栄養的にも、いかにももったいないことだと甚だ遺憾に思ったことであった。

こんなものも食べたぞ

よく「悪食《あくじき》」というようなことを言うけれど、こういう言葉はよほど注意して使わなくてはいけない。なにしろ、ある国の人にとっては当然の食べ物が別の国の人にとっては「気持ち悪いもの」と感じられるなんてことは、ごく当たり前にあることで、それを片方が「悪食」であると決めつけるのは、まことに傲慢不遜なる態度と言わなくてはならぬ。

そもそも、魚を生で食べる刺身だとか寿司という食習慣だって、ちょっと前までは、ヨーロッパ人にとっても、中国人にとっても、「悪食」にほかならなかったのだ。

私は三十年ほど前にイギリスで研究生活を送ったのだが、その頃、なんだったかのラジオ放送を聞いていたら、アナウンサーが、「日本人は生の魚を食べるらしいが」と言ってから、「オエーッ」といかにも気持ち悪そうに言うのを、私はこの耳で聞いたことがある。

それが今では、すっかり世界中で刺身も寿司も食べられるようになったのは、まあ嬉しくもあるが、いっぽうで中国人が鮪の寿司などを食べるようになった結果、鮪が圧倒的に足りなくなってきたというような、困った現象も出来《しゅったい》してきた。

だからたとえば虫を食べる、なんていうと、すぐに「ゲーッ」とかいうような反応をする人があるが、まことに失礼なことと言わねばならぬ。東京の人は一般に、虫を喰う習慣はないけれど、たとえば、信州に行けば、蜂の子は珍味名物として愛好されるし、かつては養蚕の盛んだった名残で、蚕《かいこ》のサナギなども、佃煮にして食べ、あるいは田の害虫であるイナゴも、甘辛い佃煮として食べるときには、まことに好風味であることは厳然たる事実である。

それゆえ、世界中には、いろんな虫を食べる習慣があってもなんの不思議もないことで、それを食べない人たちがとやかく言うべきでない。

なにしろ、中華料理の一品として私はあの毒虫のサソリも食べたことがあるが、まあなにやらカリカリと油で揚げてあって、とくにこれという味はしないものであった。ただ、あの毒針を振り上げた姿だけは、さすがにちょっと食べるのに怯《ひる》んだことは白状せねばならぬ。

それから、イソギンチャクというものも、東京では食べないが、熊本では食用にするところで、実際に食してみた感触は、いかにも磯の香りがして、コリコリとした触感が楽しいものでであった。そのことを私のホームページのブログに書いておいたら、Aさんという方から「珍味イソギンチャクは、佐賀や福岡でも食べます。味噌煮辺りが食べやすいと思いますが、唐揚げなどにすることもあるようです。しかし、なにより、食べ物としては如何かと思われるのはその呼び名、「ワケノシンノス」です。これは、若い者の尻の巣（穴）を方言で言ったもので、その形状から言うのでしょうが……」というこれまた愉しいご教示を得た。まことに嬉しいことである。

カエルなどは、とくに珍しいものとするにもあたるまいが、日本ではとくに女性などで、カエルを食べるというと嫌がる人も少なくない。しかし、カエルは上等の白身の肉で、中国では田鶏（デンチイ）と称えるが、言い得て妙である。まさに、鶏のささ身とちょっと似ている。いわゆる食用ガエル（ウシガエル）の足を食べるのだが、イギリスでも、コレッジのディナーで、カエルの足のソテーが出たことがあり、イギリス人たちは、ごく普通の食材として舌鼓を打っていたものだ。

また、沖縄の海へビ……これは沖縄の言葉ではイラブーというのだが、このイラブーの汁ほど体によいものはあるまいと思われる。イラブーは毒蛇だが、こいつを捕えてカチカチの薫製にする。そのままでは食べられないので、長時間かけて戻し、さらに豚足や昆布などを交えてことことと煮込んだのがイラブー汁である。

イラブーそのものの味は、ちょっと鶏肉のような感じで、とくにクセはない。ただ特筆すべきところは、このイラブー汁は、非常に疲労回復などの著効があることである。私は那覇にあった（今は名護に移転）「カナ」という店ではじめてこれをいただき、あまりに疲労困憊状態で顔色が悪かったので、イラブーを漬け込んだ酢（イラブー酢）とともに食したが、たちまちに鬱気を散じて元気を取り戻したことを今に忘れない。

やはり、なんでも人の食べているものは、ぜひ実際に食べてみなくてはわからない。食べずに、その姿形から嫌ったりするのは、大げさに申せば人生の損失のようにさえ思うのである。

大蛇料理

昔、慶應義塾大学の中国文学の教授であった奥野信太郎先生は、酒仙といってもいいくらいの酒好きであり、また粋人としても広く知られた人であった。

私は、大学一年の時に、日吉での特別講演を最前列で聴いたのが人生ただ一度その謦咳《けいがい》に接した機会であったけれど、そのときも先生は、酔歩蹣跚《すいほまんさん》という風情でそよ風のように教室に現れると、そのまま講壇に上り、なにやら漫談めいた話をされたが、顔色は赭《あか》く、近くによると熟柿《じゅくし》のごとき匂いがプンプンとしていた。

昔の慶應には、こういうなんとも言えないような先生がおられたのである。今から思うと、なんだか別世界のような気がするのだが……。

その奥野先生が「いかもの食い」という随筆のなかで、広州の町を歩きながら、大蛇料理の店に遭遇するという話を書いている。

そこに、「店先に目の細かな金網の籠がたくさん積み上げてあって、その一つ一つのなかには、大小の蛇がうんとこさ入れてあった。なかでも一番大きな籠をみると、すばらしい大蛇が鎌首をもたげている」と、その蛇料理屋の店頭を描写しているのだが、どうやら、粋人にして美食家の奥野先生も、「さすがなかに入って試食する気にはなれなかった」とあって、どうやら、その蛇料理は食べなかったものと見える。

もともと奥野先生は、北京に留学しておられたので、南方の広東料理の一品目たる蛇料理などは、あまり馴染みがなかったものかもしれない。

ともあれ、この随筆を、私は随分若い頃に読んで、さてさて、大蛇などは喰ったらどんな味がするのであろうかと、不思議な興味とともに忘れなかった。

そもそも、『本草綱目《ほんぞうこうもく》』によれば、蛇もまた、歴《れっき》とした薬膳的食材であって、どうやらこの肉などを食べると、もろもろの出来物などを治《ち》し、解熱作用やら、産婦の分娩促進などの薬効もあるようなことが書いてある。

こうなると、ますます一度は食べてみなくてはならぬ、と思っているうちに、ずいぶん久しいときが経った。

それから三十年も後、私は台湾と香港へ旅をする機会を得た。それももう十五年くらい以前のことになる。

千載一遇とはこれだと思って、私は、まず台湾の高雄《カオシュン》の町に週末の屋台市が立ったときに、どこかに大蛇料理はないものかときょろきょろ探して歩いた。

すると、あったあった。

奥野先生の書き遺されたとおり、一軒の屋台店に蛇を入れた籠を置いて、その料理を出している。

これだこれだと思ったが、まずなにはともあれ、そのスープを試みることにしたのだった。

これがなんともいえぬ殺風景なもので、発泡スチロールの白いカップに、澄んだスープが一杯。よく見ると、底のほうになにやら鳥肉の毟《むし》りのようなものがフラフラしている。どうやらこれが大蛇の肉片なのであるらしかったが、ほかにはなんの具も入っていなかった。

その味はと言えば、まあ上品な清湯《チンタン》で、とくになんのクセもなく、くだんの蛇肉は、見たところそのままの味とでもいうか、まるであっさりした鳥胸肉という風情なのであった。

うむ、蛇肉は悪くないな、と思った私は、その後、香港へ雑誌取材に赴いた折に、こんどは天下の名店、広東料理の福臨門酒家《フクリンモンシュカ》に上がって、蛇の羹《あつもの》を注文してみた。

このとき、くだんの蛇肉の料理名には「龍」という文字が入っていたような気がするのだが、さて具体的にはなんというのであったか、そこは憶えていない。ともあれ、この一品は、蛇の肉がやはり細く裂いた形で入っていて、之に和するに、魚の浮き袋、椎茸、キクラゲ、タケノコ、萱草《かんぞう》、豆腐、生姜、陳皮《ちんぴ》、枸杞《くこ》、棗《なつめ》などの薬膳風素材を以てし、ごくごく上質の上湯《シャンタン》で煮て、どろりととろみをつけた、それはそれは美味至極の品であった。

福臨門といえば、すぐにフカヒレと思い浮かべるかもしれぬが、それももちろん結構ながら、いやいやこの大蛇料理も、別段イカモノ喰いというような按配ではなく、フカヒレに負けず劣らず結構なものであった。

されば、食通を以て鳴った奥野先生も、ぜひ一度試みてみればよかったのに、と先生のためになにやら残念な思いがするのである。

神楽坂の煮凝り

思いがけぬときに、まるで偶然のように、ふとしたことを思い出すことがある。

冬の夜《よ》さり、戸《と》板《いた》康《やす》二《じ》さんの『万太郎俳句評釈』を、すずろに拾い読みしているうちに、万太郎が「煮《に》凝《こごり》」の句を多く作っているという記事に行き当たった。

煮大根と冷え煮凝といづれかな

この句は、日本橋の料理屋「まるたか」で詠まれたものだとあるが、万太郎という人は生ものが苦手で、刺身などは決して手を付けなかったそうである。

そうして、「江戸趣味の文人と、とかく誤解される万太郎は、ものを食べにはいった店で、いかにも酒飲みの好きそうな皿小鉢を注文するように思われていたが、実際は、芋の煮ころがし、卯の花、はんぺんといったようなものを注文した。刺身、このわた、みんな駄目だった」と戸板さんは書いている。

そういう事実を知って、この句を読むと、ふつふつと湯気を立てて熱く煮えている大根と、ひんやりと沈黙している煮凝りと、属性は対照的でありながら、そのいずれもよく火の通ったものであって、しかも、そのどちらも捨てがたい味わいがあるということに思い至る。

煮大根と、煮凝りとを前に舌なめずりでもしていそうなこの句は、その「まるたか」の品書きに嘱目《しょくもく》しての、即吟《そくぎん》の一句でもあろうが、ただこのように菜《さい》の名を並べて「いづれかな」と下五を置いただけでちゃんと句になっているのは、即ちこれらの品にふわりとした詩情が内包されているからである。

また、こんな句もある。

煮凝や小ぶりの猪口のこのもしく

どういう場面で作ったかは知らないけれど、やはりどこぞの料理屋で、好物の煮凝りを前にして出来た句に違いない。

そして、この句を読んだ途端に、私の脳裏に、一つの懐かしい場面が思い浮かんだのであった。

……三十歳のときに奉職した東横学園女子短期大学という学校で、私は、学科長の久保田芳太郎先生にたいへん良くしていただいた。先生は、近代文学の研究者で、とくに夏目漱石や芥川龍之介の専門家であったが、そういうことよりも、私にとっての久保田先生は、生粋の東京人の食いしん坊、ということで忘れ得ぬ人、それも大恩人であった。

先生は食道楽で、大の酒好きでもあった。この酒のほうは、どうにもならなかったけれど、食いしん坊のほうでは、私も人後に落ちぬ者ゆえ、先生は、そこを大変に愛してくださった。そうして、あちこちの名店などに私を連れていっては、おいしいものを存分に食べさせてくださったのである。

「林君は食べっぷりが良いから、食わせ甲斐がある」

というのが先生の口癖で、まことにありがたいことであったと言わねばならぬ。

どんな折のことであったか、あるいはほかに同行者が居たのであったかどうか、そこらは、ちょっと記憶がないのだが、たぶん、なにかの会合が別のところであって、その帰りに（いつも私は自分の車で先生をご自宅までお送りするのが習いであった）、いささか飲み足りないとでも思われたのかもしれぬ。先生は、ちょっと良い店があるから行きましょう、と言って、神楽坂の横丁を入ったあたりにあった、渋い居酒屋のようなところに私を伴った。

古びた構えの店の、カウンターのような席に座を占めて、先生はまず、

「煮凝りをね……」

と言って、注文された。

さて、なんの煮凝りであったか、それも定かには記憶がないけれど、たぶんフグの皮とか、そういうようなもののそれであったように思われる。

そうして、やがてその小鉢が出てくると、まるで子どものように、ニッコリと微笑まれて、

「これこれ、こういうものが、おいしいんですよ、この店は」

と言って、タラコのように太い指に割りばしを持って、その煮凝りを少し食べては、熱い燗

酒などを飲まれた。その様子がいかにもおいしそうであった。

思い出というのは、ただこれだけのことなのだが、不思議に印象深く、その煮凝りの味も記憶に残っている。

それから、はや二十五年ほどが過ぎた。もう東横短大は廃校となり、久保田先生も今は亡い。

鄙《ひな》の風流

いまは忙しくてなかなか行けなくなってしまったのであるが、以前、私はよく温暖な南房総へ避寒に出かけたものであった。海辺のリゾートマンションを借りて、一週間くらいなにもせずにぼーっと暮らす、それはほんとうに精神と肉体のなによりの休養であった。

アクアラインができて以来は、首都高速から直結で気楽に出かけられるようになったのはまことにありがたい。

こういうぼーっとした休暇のときは、ほんとうになにもせずに、ただ漫然と車を転がして歩いたり、そこらを散歩したり、日ごろ読めなかった本などを寝転がって読んだりするのだが、同時に、地元の海の幸山の幸を探訪するのも、楽しいことであった。

千葉は、東京と距離的にはごく近いのだが、これで案外と文化的には隔たったものがあって、東京文化よりも、なお地元の漁師文化が主になっているようなところがある。最近は日本全国どこへ行っても、いわゆる江戸前の握り寿司が本流になってしまったなかで、南房総あたりはちょっと違う寿司の風情を味わうことができる。

たとえば、保田の漁港に「ばんや」という市場食堂のような、大きな大衆食堂があるのだが、ここで食べる寿司などは、じっさい東京では見かけないスタイルとボリュームである。

要するに、一個が巨大なのである。

ここでは、東京の上乗なる握り寿司のようなデリカシーは無用のことで、やや誇張して言えば、小さめの握り飯のようにどかんと大きな枕のうえに、おおぶりな刺身が一切れ乗っている……まあ、たとえて言えばそんな形である。

で、東京の握り寿司のように、ちゃんと握ってあるわけではなくて、そのシャリの握り飯の上に、刺身を「乗っけた」だけというスタイルなのである。

だから六つくらい食べると、けっこうおなかが一杯になってしまうというボリュームであって、若い人たちなどにはさぞ悦ばれることであろう。

それればかりか、たとえば天丼などを頼むと、飯の盛りもたっぷりの上に、また山盛りの巨大な天ぷらがどっかりと乗っかって出てくる。私のような、あまり大食漢ではない普通の人間には、とても食べきれない量である。

しかし、魚自体は、なにしろ漁港の食堂だから、どれも新鮮そのものの上に、味付けはお袋の味風で、これはこれで充分に楽しい。

なんでも銀座あたりの一流店の味だけを金科玉条のごとく崇拝している人には理解できなかろうが、こういう、銀座とは正反対のコンセプトと美学で作られているものも、またおいしいと私は思うのである。いわゆる「鄙の風流」というのがこれである。

千葉名物のナメロウなどという漁師料理も頗《すこぶ》る土俗的なもので、洗練とは反対の極に位置するものかもしれないけれど、そういうものを楽しがる心が、旅の愉悦の大きなものであって、私は海辺を行くときには、いつもこういう漁港の市場食堂で舌鼓を打つことにしている。

そして、保田の漁港市場でお土産に買った干物の旨かったことも、ちょっと特筆に値するであろう。

それは、ムロアジの開きと若い秋刀魚の丸干しであった。ムロアジは、クサヤなどを作るやや細長くて脂っけの少ないアジであるが、じつはアジの肉の味としては、マアジよりもムロアジのほうが、私は好きである。いや、おそらく脂肪の味に幻惑されずに、肉質そのものの旨味成分からいえば、きっとムロアジのほうが濃いのであろうと確信している。

ムロアジの干物は、天日干しと思しくて、色がアメ色になっていた。テクスチャーとしては少しくかっしりとして、もともと繊維の強いこの種のアジの本来の旨味が、乾し上げられて濃密になっている、と評したらよかろうか。

秋刀魚の丸干しは、はらわたも諸共に干したもので、骨も柔らかく、頭も内臓もすべておいしく食べられてしまう。そのはらわたや中骨の旨さは、なんとも言えぬ。秋刀魚といえば、あの脂のジュウジュウいう大きな成魚ばかりが旨いのでもないのである。

しかも、東京のスーパーには、どちらも殆ど見かけないもので、私は大喜びでこれをたっぷりと買い、しばらくの間その潮騒の香の深い旨味を愉しんだ。

収穫の喜悦

毎年大晦日が近くなると、そこはかとなく過ぎし日々が懐かしく思い出される。三時間もかけて、庭の焚火で焼き上げた「庭焼き豚」なども、そういう懐かしい大晦日料理の一つだが、じつは、もう一つあった。

慈姑《くわい》、である。

これは少々時間がかかる。

正月のお節料理に慈姑の煮しめなども昔からの定番ゆえ、この季節になると青々とした慈姑が出てくる。これを買うのだが、食べてはいけない。

まず用意するものは、四〇センチ径くらいのゆったりした火鉢である。今どきは、火鉢もなかなか手に入りにくいが、骨董屋さんの店頭に行けば、たいてい良い火鉢の二つや三つは置いてある。

これをまず手に入れたら、次に園芸屋さんに行って、畑の黒土をたっぷりと買ってこよう。そうして、この土を火鉢に入れ、上から充分な水を注いで、全体を水田のような状態にしてしまうのだ。

ここへ、八百屋さんで買ってきた慈姑を、そうさなあ、適当な間隔をあけて五つくらいも植えておこうか。

こうして、すっかり「田植え」が済んだら、あとはただ軒先やベランダなど、日当たりのよいところに置いて、常に水が涸《か》れないように、適宜注水しながら、ひたすら待つ。

やがて春風が吹くころになると、「春水」という風情を見せる火鉢田から、ツンツンと若緑の芽が出てくる。慈姑というものはなかなか丈夫なる草と見えて、まず失敗なく発芽して、虫にも食われず成長するであろう。

これが、里芋のような風情の葉っぱなのだが、もうすこし細長くて、柔らかで、鮮やかな浅緑で、尖っている。一箇の球根から数本の葉が出てきて、やがて夏になるころには、清々《せいせい》と繁りあい、さながら火鉢のなかに、風流なる池景《ちけい》が出現する趣である。

真夏を迎えては、この葉がしっかりと育ってくるので、折しも目に涼しく、よい暑気払いの置物にもなる。

しかしながら、ボウフラなどが湧くと困るので、そこはメダカとか金魚とか、あるいは泥鰌など、淡水の小魚を水に放ってやると、こんどはそれがボウフラを食べて成長するのを愉しむことができる。タガメなどの水生昆虫やら、おたまじゃくしなどを放つのも面白い。

不思議なことに、こうして全体をビオトープ状態にしておくと、水が腐って悪臭を放つこともなく、いつも細波に慈姑の青い葉が揺れるという、じつに気持のよい風景となる。

こうして、やがて秋風が吹き、雁が渡り、時雨が降り、木枯らしが吹き、季節は順序良く進んで、一年が終りに近づいてくるであろう。

その頃には、さしもの慈姑も、すっかりうら枯れて葉は茶色く朽ち、水面には寂しい風情が横溢してくる。もののあはれ、とはこれである。おたまじゃくしは蛙に変じていずこかへ去り、魚たちは、あるいは生き延び、あるいは鳥や猫に食われて姿を消すかもしれぬ。

かくて、一年が巡ると、また大晦日がやってくる。

と、ここで初めて、忘れ得ぬ味に遭遇することができる。

毎年こうして、大晦日には、火鉢の水を捨て、土をひっくり返して、なかの慈姑《くわい》を収穫することにしていた。

たった五つほど植えた慈姑が、それぞれに盛大に根をはびこらせ、泥のなかは、そこらじゅう白い根っこだらけになっている。そうして、その根の行き止まり、火鉢の内側に添うようにして、おびただしい慈姑が出来ているのは、ちょっとした壮観である。

おそらく、五つの慈姑を植えると、一年の後には、それが三十個か四十個ほどにも増えるであろう。ただし、大きくはならない。親芋に比べると、おそらく半分以下くらいの小さな慈姑がどっさり採れる。

これを、タワシなどを用いて、すっかりきれいに洗いあげてから、油で素揚げして、軽く塩を振って食べる、それがおいしいのだ。ホクホクして、ちょっと苦味があって、色が美しい。一年間の辛抱はこのときのために……しかし、観葉植物として、ビオトープとして、充分に楽しませてくれたあとで、この恵みである。子どもたちとわいわい言って収穫した、あの大晦日の懐かしさよ！

初出一覧

「花びら餅のなぞ」――『Asia Echo』二〇〇四年二月号
「おいしい一冊」――『週刊小説』二〇〇〇年一月二十八日号
「蕎麦一瞬の快楽」――季刊『新そば』二〇〇四年 №.一二〇
「梨のピザ」――『暮しの手帖別冊　クイックレシピ』二〇一六年十二月刊

右記以外すべて
『味覚春秋』二〇一二年十二月〜二〇一七年十二月号連載

書き下ろし
「粽食べ食べ」／「歌うための飲食」／「こんなものも食べたぞ」

林　望（はやし・のぞむ）

作家・国文学者。

一九四九年東京生まれ。

慶應義塾大学文学部卒業、同大学院博士課程満期退学。

東横学園女子短期大学助教授、ケンブリッジ大学客員教授、東京藝術大学助教授等を歴任。

専門は日本書誌学・国文学。

『イギリスはおいしい』（平凡社）で日本エッセイスト・クラブ賞、

『ケンブリッジ大学所蔵和漢古書総合目録』

（P.コーニツキと共著、Cambridge University Press）で国際交流奨励賞、

『林望のイギリス観察辞典』（平凡社）で講談社エッセイ賞、

『謹訳 源氏物語』（全10巻、祥伝社）で毎日出版文化賞特別賞受賞。

『謹訳 平家物語』（全4巻、祥伝社）など、古典文学の謹訳をはじめ、
エッセイ、小説、歌曲の詩作、能楽など幅広く執筆。

食をテーマにした著書に『旬菜膳語』（文春文庫）

『リンボウ先生の〝超〞低脂肪なる生活』（日経ビジネス人文庫）

『いつも食べたい！』（ちくま文庫）などがある。

大根の底ぢから!

2018年3月27日　初版発行

著　者　林　望
装　丁　守先　正
発行者　上原哲郎
発行所　株式会社フィルムアート社
〒150-0022
東京都渋谷区恵比寿南1丁目20番6号　第21荒井ビル
TEL. 03-5725-2001 ／ FAX. 03-5725-2626
http://www.filmart.co.jp

印刷・製本　シナノ印刷株式会社

ISBN 978-4-8459-1712-9　C0095